대답이 먼저 나오는 대화도 있다

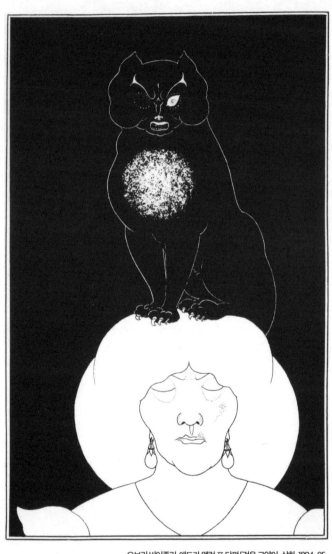

오브리 비어즐리, 에드거 앨런 포 단편 「검은 고양이」 삽화, 1894~95

"내가 이제 곧 쓰려고 하는 가장 유별나면서도 가장 솔직한 이야기에 대해

나는 여러분이 믿길 기대하지도, 또 부탁하지도 않을 것이다."

— 에드가 앨런 포, 「검은 고양이」 발췌

카를로스 슈바베, 보들레르 시집 『악의 꽃』 제1장 <우울과 이상> 삽화, 1900

"날개 달린 나그네, 얼마나 서투르고 무력한가! 시인도 그와 다를 것이 없으니, 구름의 왕자, 폭풍 속을 넘나들고 사수를 비웃건만, 땅 위의 야유 소리 한 가운데로 쫓겨나선, 거인의 날개가 도리어 발걸음을 방해하네."

— 샤를 보들레르, 「앨버트로스」(『악의 꽃』) 발췌

일러두기

이 책의 보조용언 합성명사의 띄어쓰기 등 일부 맞춤법은 시인들의 개성에
따른 것임으로 국립국어원의 맞춤법과는 다를 수 있음.

The literary coterie Volume 006

대답이 먼저 나오는
대화도 있다

강봉덕
김성백
문현숙
박진형
배세복
손석호
송용탁
이 령
정윤서
채종국
최규리
최재훈

달아실

Volume 시

강봉덕

김성백

문현숙

테마시 _ "13월"

Volume 산문

Volume
詩

강봉덕

■ 2006년 머니투데이 경제신춘문예 등단.
■ 시집 『화분 사이의 식사』 (실천문학, 2018).

불안한 잠

물의 출근

흉터

가방

1인칭 캡슐

불안한 잠

나는 장미를 따라 계속 올라갔고 발톱은 뚝뚝 부러졌다

먹고살려면 발목까지 내어주고 좀 더 올라가면 좋겠다고
묻지도 않은 말에 혼자 중얼거리며 발목이 줄어드는 속
도로 비틀거렸다

여름보다 장미가 많아 우리에겐 많은 봄이 필요하지 않
거든
무릎에 앉아 푹 쉬었으면 좋겠어 오늘은 늦잠 자기에
좋은 날 같거든
툭툭 터지는 붉은 잔소리가 얼굴에 가득한 당신,

잠이 부족한 것만큼 꽃이 많이 남았다고 생각했는데

나는 계단에 관해 생각했다 한 잎씩 견고히 포개져있다
바람이 한 송이씩 떨굴 때마다
발목이 조금씩 무너져 내릴 것 같아
나는 무너진다 계단을 의자로 사용하면 달콤한 냄새가
난다

나는 벌레 먹지 않고 잘 피어 발바닥에 박힌 가시를
손톱으로 누르며 유언처럼
물속에서 출발한 계단은 물속으로 사라지는 것 같다고
썼다

여름의 끝에는 늘 장미가 있고 계단은 가시처럼 위태롭고
손바닥에 그려진 지도를 만지작거리며
여름날은 혼자 여행가기에 좋은 날 같다고 생각한다

더 높은 계단의 끝은 없고
보이지 않는 나를 바닥에 쏟아내고 싶었다

물의 출근

옷을 벗고 구두를 물 밖에 가지런히 세워둡니다 누군가
책상을 물속으로 옮겼더군요 물속보다 더 차가운 곳을
발견하지 못한 것 같더라고요

다비드상이 벗어둔 옷이 구름이 되었다고 하더군요
그때 나뭇잎이 물 위로 안착하더라고요

찌그러진 당신의 웃음이 사라집니다 맨몸으로 의자에
앉았는데 물속이 따뜻하네요 거추장스러운 모자와 무거
운 옷을 벗고 이곳으로 출근해 보세요 서로 이해하지 못
하는 얼굴은 들여다보지 않아도 됩니다 소란스러운 소리
가 들리지도 않아요

나뭇잎이 물속에 들어가려면 오래 걸린다고 합니다
슬픔은 천천히 가슴으로 차오른다고 설명하네요

물속에 갇힌 물고기는 웃음이 없습니다 완성된 웃음이
얼굴에 담겨있기 때문입니다 당신의 얼굴이 희미하게 보
이는군요 사람들은 예민해집니다 불안이 물결처럼 다가

오더군요 구름이나 새들이 사라집니다 옷을 벗지 않고 들어올 수 없다는 것을 모르는 모양이네요 이곳에 안착하려면 모두 발가벗어야 한다고 하더군요

　물이 쏟아지려고 컵이 넘어집니다
　그러나 호수는 자라지 않을 겁니다
　불안은 쉽게 사라지지 않는다고 결론내립니다

　물 밖으로 뛰어내려야 할까요 물은 오래된 길부터 뱉어냅니다 주머니 속 차가운 물이 쏟아집니다 물과 물이 서로 섞이지 않는다고 투덜대는 사람이 보이네요 물은 서둘러 물의 표정을 만들고 있네요 이곳에 안착하려면 먼저 물속에 몸을 던져야 합니다

　저녁 식탁을 극복한 것처럼
　보이지 않는 틈에서 인간의 음성이 들려오는군요

흉터

마음을 뺏긴 최초의 감각은 손의 일이었다

얼굴을 지우는 방법이 궁금했지만
이제 관심 밖의 일이 되었다
귓불 붉은 사람의 얼굴을 들여다본다
도시의 숲에 혼자 갇혔다

숲을 뛰쳐나온 새들은 어디로 향할까
흉터가 흉터를 덮거나
엄지손가락이 집게손가락을 문지르는 일은
울음과 웃음의 반복과 무관했다

생각하는 자세로 생각하지 않는 여자
계속 빼도 계속 태어나는 생각
오랫동안 같은 곳을 바라보면 사라질 것 같지만
어쩔 수 없이 되돌아오는 것이 있다

귓불이 붉어지는 아이를 본다
베어낸 나무 주위에 나무가 돋아 숲이 된다

가장 짙은 그늘을 집게로 걷어내면
새의 얼굴이 된다

내가 만든 내 얼굴을 들여다본다
가끔 깨지지 않는 허공처럼 단단한 얼굴에
점을 그려 넣는다
기다리다 지친 것의 마지막 날엔 날개가 생긴다고 한다

가끔 수많은 흉터가 얼굴에 생긴다면
우린 다시 미로 같은 숲에 온전히 갇힐 수 있을까

나는 도착할 수 없는 목적지에서
이정표 지우는 일을 반복했다

가방

죽은 사람이 산 사람을 먹여 살린다는 도시

그러니까 나는 무덤을 들고 다니는 것이다
살아가다 궁금하면 무덤을 열고 고전을 꺼낸다
엄마가 일러준 말도 들어있다
무덤은 가지고 다니기 적당하다

나를 만나면 무덤을 보여 달라고 조르는 사람들
당신 닮은 해골이 나오면 어쩌려고 그래,
사실 무덤 속엔 죽은 사람이 없다, 비밀이지만
생생하게 살아있는 사람을 넣고 다니는 것이다
무덤 안에 들어가 볼래,

유원지에도 아파트 공터에도 길옆에도 무덤이 즐비하다
죽음을 배경으로 사진을 찍는 당신
이 도시에 왔는데 무덤 하나 구입하세요
가방을 열고 계약서를 꺼낸다 뚝뚝 떨어지는 냄새들

우리 몸에 덕지덕지 붙은 무덤

웃옷이나 바지에 붙어 있기도 하다 무덤 속엔 가벼운
이야기가 들어있다 먹다 남은 빵이나
혹은 당신의 묘비명이라든지

무덤 사이로 걸어가는 당신은,
어쩌면 죽은 사람인지 몰라요
당신을 파먹고 사는 사람들이 있을 테니까요

가방을 열면 무덤이 나오고 가방을
거꾸로 털면 내가 줄줄줄 흘러나오는 곳에서
아직도 살아있는 것일까요, 나는

1인칭 캡슐

어떤 집은 단단한 두 개의 문으로 만들어진다. 절망하기 위해 보낸 이력서에 연락이 없을 때 소주를 사 들고 돌아와 울기 좋은,

1인용 캡슐이 배달되어 왔다 창문도 없이 몸에 맞게 재단된 침대라니. 내 생각이 자라면 침대에 맞춰 잘려나갔다 잠 속의 꿈은 악몽으로 재생되었다 나는,

외로움과 뜨거움을 구별할 수 없었다 햄릿보다 엄마가 떠올랐다 늘 곁에 있어야,

가족일까 내 방엔 1인용 식탁이 놓여있다 아직 누군가 초대할 준비가 끝나지 않았다 엄마도 문밖에 서 있다 둘러앉아 먹는 식탁이 유물처럼 보인다 차가운,

저녁이 만든 얼음 같은 집 가끔, 빙글 돌거나 지구의 공전 궤도를 따라 우주로 날아갈 것 같다 옆구리가 가려워 긁으면 덜컹거리며 이름 모를 도시에 불시착한 것만 같은,

쓸모없는 상상,에 목숨 걸고 싶어
놓치고 싶지 않은 것을 앞에 두고
빈 주머니에 두 손을 찔러 넣었다, 나는

김성백

■ 2018년 계간 『시현실』 등단.
■ 2022년 제3회 이형기디카시신인문학상 수상, 한국문화예술위원회
아르코문학창작기금(발표지원) 수혜.

그늘흔

석태아

개와 도둑의 나라

먼 등

약달력

그늘흔

소포를 열자
여름이 들어있었다

그림자는 먼저 움직이지 않는 자
어떤 그림자는 생각해선 안 될 것을 생각하다가 다치곤
한다
노랑에 맞서는 여우팥처럼

털을 생각하다니
여름은 계절이 아니라 짐승이 아닐까

여름을 꺼내자 그림자만 남았다

그림자가 생각을 갖게 되거든
그림자에 못을 박아두어야지

팔월의 그늘에 들어선 그림자는 더 두꺼워졌을까
녹아버렸을까

그림자 없는 소년과 그림자뿐인 소녀가 서로를 발굴했
다
　한 겹씩 벗겨낼 때마다 소리를 질렀다 유물처럼 과거에
대해서만 말했다
　그해,

　두 입술은 아주 더디게 지워졌고
　쌍니은처럼 닮아갔다

　똑같은 꼬리를 나누어 가진 우리는
　바닥에 너무 오래 있어서 나는 법을 잊어버린 펭귄처럼
뒤뚱거렸다
　서로에게 앞자리를 양보하듯 무릎을 꿇고서

　상처는 아무는 게 아니라 노을처럼 저무는 거라고 바람
이 말했던가
　전생의 깊이를 재던 유목의 수호신이 말했던가
　얘들아, 더 가난해져야지
　경계마저 버리고 자유로워져야지

지층 깊숙이 울음을 파묻던 쌍니은은 그제야
그림자에서 그늘로 넘어갔다

꼬리에게 물려본 사람은 안다
여름에서 하나씩 버리면
어른이 되지

그늘은 빛을 죽이는 꿈을 꾸었다
한 번도 본 적 없는 제 창조주를
기다림이 어두울수록 *끄트머리가 헐거워지는 그늘의*
실패

그날,
절반의 피조물
더 진해진 여름이 멸망하고 있었다

석태아

외로움과 그리움은 마주 보았다

단 한 줄의 숨통이 끊기는 순간
나는 둘 중 하나의 적이 된다

외롭다는 것은 사랑받을 기회가 아직 남아있다는 것
머리를 토해내듯 이름을 꺼내야지
바깥을 조롱하며 빨간 체리 향에 취해 조금씩 나를 보
여 줄게
엉덩이 살 15g
늑골 한 개
심장 1/4쪽
척수 세 토막
적혈구 1/2큰술
양수 조금
탯줄 약간

모든 외로움은 요리가 될 수 있어
상처를 궁굴려 덧남을 즐기는 시인처럼 말이야

울음뿐인 세상에 몰래 피어나 눈물 한 방울 보태지 못
하고
돌이 된 빨간 꽃

우주는 거대한 생각이라는데
생각을 미처 갖지 못했으니 우주의 일부도 아닌
어쩌면 꿈이었을 미확인 물체인지도 모르지

꿈을 품었던 숨이 다 지도록 아프지 않았던 작은 혈육
이야기

해마다 봄이면 지구에는 천공의 별만큼 꽃이 피고
동물로 태어났지만 식물처럼 꽃을 피운 나는
어릿광대의 나팔 소리가 들려

잊혀야 한다는 강박에서 벗어나는 건 쉬운 일이야
몸을 버리면 돼, 마음 하나면 충분하니까

돌이 썩지 않는 건 생각이 없기 때문이지

하지만 내가 아는 유일한 우주는 벙어리라서
생각 대신 자세를 연구하는 아이가 있어

그립다는 것은 사랑할 기회마저 빼앗겨 버린 것
꽃씨를 토해내듯 촛불을 꺼내야지
엄마를 조롱하며 하얀 발자국에 취해 조금씩 나를 보여
줄게
　나도 모르게

모든 그리움은 종교가 될 수 있어
죄와 벌을 만들어 믿음을 강요하는 신처럼 말이야

외로움과 그리움은 마주 보았다

단 한 줄의 숨통이 끊기는 순간
나는 둘 중 하나의 적이 된다

개와 도둑의 나라

닫힌 세계,
하루에 31,536,000개의 이쑤시개를 만드는 공장이 있어
오늘은 내 남은 근무일의 첫날

공장장은 태어나는 모든 이쑤시개에게 인사하는 사람
이쑤시개를 발명한 네안데르탈인에게 로열티를 주는
사람
이쑤시개의 새로운 쓸모를 연구하는 사람
몇몇 이쑤시개의 일탈에 시말서를 대신 쓰는 사람

신이시여, 저에게 천조 개의 이쑤시개만 주신다면 무엇
이든 만들 수 있겠나이다
달도 만들 수 있겠나이다

아직도 이쑤시개가 되겠다고 찾아오는 나무들이 빼곡
히 줄 서 있는데
이쑤시개에도 N극과 S극이 있다는 사실을 알아?
머리 쪽과 발 쪽이 있다는 것을 알아?
앞과 뒤가 있다는 것을 알아?

갇힌 시간,
처음부터 이쑤시개가 꿈이었던 자작나무는 없다
불쏘시개도 노리개도 아닌
식당에서 나오며 무심코 이쑤시개를 집어 드는데 하필
두 개를 집었지
둘 중 하나는 고기 맛도 못 본 채 바닥으로 떨어질 거야
이 군더더기 없는 직립의 몸통에 고깃국물이라도 묻혀
봤으면
멀어지는 쩝쩝 소리를 유언처럼 들으며 생을 마감하는 너
괜찮아, 백 층 높이에서 떨어져도 외상은 없을 너잖아

소라 알맹이를 쏙쏙 뽑아낼 수 있고
구운 김 수십 장을 굳건히 잡아줄 수 있고
손톱 끝을 푹푹 쑤셔서 없던 죄도 받아낼 수 있지

이쑤시개공장 공장장이 이쑤시개를 훔친다

공기처럼 안팎을 넘나드는 책갈피를 페이지의 잘못이

라 부를까

　철 십자가를 등에 지고 달려가는 견인차의 신바람을
'가뭄의 경제학'이라 부를까

　무슨 일이야 있겠어요? 오리가 홰 탄 격이지

　물찌똥의 씨앗을 뿌리는 저 박수무당의 외통수를 배우
는 편이 나아요

　허릅숭이의 말뚝이던가
　모가비의 들메끈이던가

　외상값처럼 짖어대는 묵정밭이다
　어근버근 가리 트는 눈먼 가위다
　각다귀판 걸태질 소리 야밤에 그득하고
　진상 무리의 술판은 그칠 줄을 모르니

　빛을 봐버린 그림자를 도둑이라 부를까
　이 극단에로의 전조를 구한말이라 부를까

　묶인 주둥이,

이쑤시개공장 공장장이 이쑤시개를 태운다
불타는 공장 안에는 계약직뿐이라서
계약직은 불을 끌 이유가 없지
저 불은 어떤 계약 조건으로 들어왔을까

물이 기절하는 기분이 개라면
나는 나보다 작은 휘파람을 맴도네

먼 등

오십을 넘어서면
곁에는 떠날 사람들만 남는다

지구가 흔들려도 좋을
가을 다음에 다시 가을이 와도 좋을

너는 가끔이라고 했고
나는 자주라고 했다
불발탄이 터지는 날이면 전염병처럼
너의 얼룩이 내 귓등에 번졌다

봄은 늘 새것인데
가을은 늘 헌것 같은
불그스레한 사용감

우리는 서로의 등에 관해 이야기했다
전기가 나갔다 다시 들어오는
아주 잘못된 밤에
손금이 손을 갈라놓는 줄도 모르면서

식은 말들이 전등 사이를 오가면서

나는 지금
자수하러 간다

가을은 사람 같다

내 편이 없는
사랑 같다

약달력

한때는 곳간 열쇠 쥐고 마을을 호령했던 천석꾼 맏며느리
오늘도 폐박스 맛집 한 곳을 까먹었다

약월 약일 약요일이 오면 약 먹는 기계가 작동한다
식후 삼십 분마다 하얗게 쏟아지는 몇몇 얼굴
간혹 오작동을 일으켜 약을 라면에 넣어 끓이기도 했다

마을에서 제일가는 만능 손
철이네 송아지도 받아내고 순자네 경운기도 살려내더
니만
걸핏하면 밥상을 들어 엎고 노름판에 들락거리고 자식
들을 후려 팼다
저걸 죽여 말아 하다가도 부둥켜안고 살았는데
환갑을 막 지낸 겨울 아침, 뇌로 가는 울화통이 터졌다
만능 손이 유일하게 잘한 일은 명절날에 간 것

가난쯤이야 우습지 외로움에 비하면

약을 먹기 위해 밥을 먹는 허름한 기억의 날들

약달력은 달력보다 시계에 가까워서 달이 바뀌어도 넘길 필요가 없고
빨간 날이 없고 음력이 없다

문패 없는 반지하방
엎어놓은 고무 대야처럼 웅크린 생은 늘 목이 마렵다
천장에 닿은 폐지 더미, 비키니 옷장에 가득 찬 태종이 태식이 태민이
엎질러진 요강 옆에는 강제퇴거명령 독촉장
주렁주렁 약주머니 어디쯤엔 '기일'이라고 적힌 오만 원 한 장

날개는 하얀 나라로 돌아가려고
사부작사부작 흐린 기지개를 켜는데
약기운으로 오직 약기운으로

할멈은 마침내 단골 행성 하나를 통째로 까먹었다

문현숙

- 2015년 방송대문학상(시) 대상 수상.
- 2016년 경북문화체험 전국수필대전 수상.
- 2018년 『월간문학』 등단.
- 한국문인협회, 대구문인협회 회원.
- 2016년 3월~현재, 대구신문 「달구벌 아침」 집필 중.

.

울 아부지 면발 장단

바람의 수화手話

하차

졸음쉼터

까마귀 통신, 오버 — 오래전 영면하신 삼촌을 회상하며

울 아부지 면발 장단

수타면 뽑아내는 소리와 함께 지낸
내 유년, 아버지 손끝에선 언제나
가얏고 가락 같은 면발이 흘러나왔네
잘 숙성된 반죽 한 덩이, 바닥으로 내려칠 때마다
구름송이 포를 뜨듯
네 가닥, 여덟 가닥, 열두 가닥으로
다발 다발의 트로트 악보가 펼쳐졌었네
사각의 베니어 틀 속, 벗어나지 못한
오랜 꿈이 실린 가락들이
간수가 더해질수록 쫄깃해지고
밀가루 먼지 자욱한 좁디좁은 주방
원하던 세상으로, 탈출을 위한 일탈의 한 귀퉁이
분가루를 덮어쓴 낡은 라디오가
목청껏 울고 넘는 박달재를 불러 제꼈네

단발머리 찰랑대며 동백꽃빛 환한 친구 얼굴들,
눈발처럼 쳐들어오는 날
수돗가, 양파 까는 어머니 눈치 살피며
짜장면 보통 한 그릇 주문 넣어도

44

곱빼기에 곱빼기를 내어주시던 그 가락
문득, 사무쳐오는데
퉁길수록 하늘의 뭇별, 환해지던
전단지 뒤적여 둥기둥둥 두둥둥
중국집 전화번호 퉁기면
하늘 가득 울리는 울 아버지 면발 장단
질겅질겅 씹히는 내 유년의 노란 단무지들

바람의 수화手話

침묵은
침묵이 알아듣고
고요는
고요가 알아들어
절로 깊어지는지

미루나무 이파리는 귓등을 타고 올라
말속 말을 찾아 내게 말하죠
나무의 말, 손이라도 잡아보고 싶어
덥석, 마음 먼저 쏘아 올려도
만질 수 없는 당신

내 발걸음 소릴 내가 들으며 산소 가는 길
바람이 끌어다 놓았나 당신, 발걸음 소리
천천히 뒤따라 걸으며
괜찮다, 괜찮다 이만하면 괜찮다
가지를 흔든다

만져지지 않는

바람의 수화를 옮겨 전하는 이파리들
그, 낮은 속살거림이
묘비명 새겨진 묵언의 말씀되어
흠칫, 놀란 내 목덜미를 만지면
아버지
천 갈래 만 갈래 다녀가는 소리

절로절로 깊어가는
바람의 손짓들

하차

집으로 돌아오는 길
사거리에서 하차한 한 구의 주검을 보았네

발가벗겨진 속살, 낱낱이 파헤쳐져
한때는 날개였던 털들이
떨어진 잎새와 함께
아스팔트 위를 서성서성
굴러다니고 있었네

땅만 보고 살았네
하늘 한 번 올려다볼 새, 없이
죽어서도 날지 못할
땅으로만 기어 다니는 바퀴에 갇혀

밤과 낮, 그 새
사람에게 길들여진 먹이 찾아 헤매던 퇴근 시간
사거리에 이르러
맨땅에 납작 엎드린 채, 구구구
통성으로 기도하는 비둘기

십자가 붉은, 구원의 등 켜는 동네 어귀

가까운 듯 먼 듯,

정류장에서
하차 벨을 누르네

졸음쉼터

불면의 잠 위로 소용돌이치는 눈발

졸음은 바람 빠진 바퀴, 바닥으로 드러눕는다

창문을열고내쫓아도틀니가어긋나도록졸음껌을씹어봐
도허벅지를인정사정없이꼬집어뜯고입구도출구도어딘지
모를줄담배를피워대도눈알이빠지도록제눈을번개치듯휘
갈겨봐도밑바닥을향해몰입하는잠열쇠가없는잠누구하난
죽어야끝나는잠자도자도끝나지않는잠아무리먹어도배부
르지않는다만, 다, 디, 단,

영, 면할 수 없는
영면이라는 아우토반을 쉼, 없이

전 차선에 드리워진 졸음의 덫을 헤치고 달리고 달리는

졸음에 취한 차들이 만차인 채
잠의 늪에 빠져 숙면을 취하고 있다

적막한 잠이,

정차중이다, 또한

불침번 서듯 그가,

까마귀 통신, 오버
— 오래전 영면하신 삼촌을 회상하며

드르륵드르륵
살기 위해, 죽지 않기 위해
공업용 미싱이 실밥을 감았다
밀림은 완벽한 문장이 아니었다
폭탄을 맞은 듯 헝클어진 미친 여자의 모습이었다
M16이 땅굴을 뒤지는 동안
새들이 하늘을 까맣게 채우고
한도를 갱신하지 못한 미연장된 목숨들이
온갖 것들의 먹이가 된 채 무더기로 포개져 있었다
파병이 끝난 후에도
꿈은 밀림 속에 총알을 퍼부었다
폭우가 총성처럼 땅을 비집는 그해, 여름
병째 제 몸을 들이켜고
몸집이 불어난 합천호로 뛰어들었다
하얗게 흩어진 빙어 떼들이
몇 겹의 포위망을 좁히고
탄도를 벗어던진 탄피들이 헤엄치고 있었다
강바닥, 움푹 파인 틈새로 몸을 구겨 넣고
까마귀를 몇 시간째 불러댔지만

장대비가 내리는 창밖 키 큰 해바라기들
꺾인 고개를 들지 못했다
합천호와 한 몸이 된 그
수색이 수월치 않았을 물 바닥을 벗어나지 못한 채
여전히 수색 중인 밀림
사십 년이 지나도록 돌아오지 않았다
해마다, 겨울 합천호를 포위한 얼음을 파내는 까마귀
한 마리
밤마다 쩡쩡, 총소리를 낸다

박진형

■ 2016년 『시에』로 등단.
■ 2019년 국제신문 신춘문예 시조 당선.
■ 웹진 『시인광장』 편집장.
■ 시에문학회 부회장.
■ 용인문학회 회원 겸 『용인문학』 편집위원.
■ 시란 동인.

발굴의 시간

지상으로 드러나는 것은 불온한 일입니다.

파묻힌 것은 파묻힌 대로 남아야 합니다. 뼈가 시린 밤을 견딜 수밖에 없습니다. 이미 져버린 잎사귀를 다시 가지에 꽂을 수 없듯이 한 번 떨어진 꽃잎을 어쩌겠습니까. 가버린 시간은 무덤에 가둘 수밖에. 나무뿌리가 널방을 파헤친다면 불경스러운 일입니다. 신화는 묘실에 갇혀 있습니다.

과거가 있으면 어떻습니까. 아무려면 과거가 미래를 지배하겠어요. 끝내 뒤돌아보지 마세요. 도망가는 것은 흔적을 남기니까요. 시계 침이 뼈를 찌르는 것은 가혹하지도 가볍지도 않은 형벌입니다. 매일 고꾸라지던 침대도 가버린 등을 알아보지는 못합니다. 묵혀버린 말들을 꺼내면 발음은 분절이 되어 사라지거나 주파수를 잃습니다.

방부제와 아마포로 둘둘 말아 형상을 잃어버린 당신은 그대로 지하에 있어야 합니다.

해와 달 지고 뜨는 이야기도 관 속에 묻혀 있습니다. 매일 밤 돋아나는 별이 점성술로 운명을 점쳐준다 해도 믿지 말아야 합니다. 뜨거운 것보다는 차가워진 돌이 더 익숙할 때 꽃 진 자리를 돌아보지 마세요. 우리는 이미 파묻혀버린 소리니까요.

벌레들도 더 이상 몸을 뚫고 들어오지 못하는 육탈의 시간

무덤과 지상의 거리는 좁혀지지 않습니다. 유물 중에 당신을 닮은 토기 인형은 없습니다.

발가락이 하나 관 밖으로 나와 있습니다. 봉인된 시간이 달라붙은 하얀 뼈마다 살아 있는 날들의 시선을 묻습니다.

무덤에서 빛이 어둠을 가득 품고 웅크리고 있습니다. 발굴을 기다리는 발골된 시간이 입체에 갇혀 있습니다. 오늘은 더 깊게 잠들고 싶은 날입니다.

인형의 이중생활

지금 알고 있는 삶이 정말 내 것일까
내 속에 여럿의 내가 있는 것은 아닌지
꿈꾸고 있는 듯한 느낌은 박제가 된 탓일까
마른 꽃처럼 죽음의 냄새를 숨기고 있다
날카롭고 위험한 눈동자를 가진 나
내 안에 다른 내가 있는 것 같아
내가 맛보는 불길한 날짜는 달력마다 표시되어 있다
두 개의 바늘로 돌아가는 시계 속에
길 잃은 기억은 밑바닥부터 올라온다
미로가 도드라진다

바람 불면 얼굴에 별빛이 묻어난다
소리 없이 말을 할 수 있다
손을 뻗어 서로를 알아보지 못한 거울을 잡는다
순수한 꿈이 있다면
신비와 고요와 향기에 둘러싸여
영원은 온실에 잠긴 듯 흔들린다
나는 웃고 있다
내 자리가 어디인지 다른 나를 알아보지 못한다

혐오스러운 방

호기심과 감탄을 바라는 두 개의 검은 별과

나의 눈동자가 겹친다

자기 홀극*과 오르골의 상관관계에 관한 연구

반사와 굴절을 거듭하는 나는 어머니의 말로 당신에게 말을 건넵니다.

우주의 나이와 크기를 알고 싶습니다. 보이지 않는 표정을 헤아려 당신과의 거리를 좁힙니다.

나는 같은 곡조만을 연주하는 오르골입니다. 당신을 위해 노래하고 싶은데 악보 읽는 방법을 알지 못합니다.

당신의 눈동자는 코로나처럼 뜨겁지도 고요의 바다만큼 차갑지도 않습니다.

서로 당기고 서로 밀어내면서 항상 떨어질 수 없이 존재하는 세상, 누구도 홀로 존재할 수 없는 우주에서 홀로 존재하는 당신은 누구입니까.

나는 항상 나갔다가 다시 들어오는데 당신은 한결같습니다.

시작과 끝이 없는 선과 닫혀 있는 선 사이의 간격은 가깝고도 멉니다.

빛의 속도로 멀어지는 눈동자의 비밀을 따라잡을 수 없습니다.

소용돌이 속에서 당신을 들여다보며 더 이상 우주의 나이와 크기를 알고 싶지 않습니다.

• 자기 홀극: 자기 단극이라고도 하며 하나의 자기장을 가지는 가상의 물질 또는 입자.

충돌에 관한 보고서

내면으로 들어가는 문에는 열쇠가 없다
입구에는 출입 금지 표지판이 거만하게 내려보고 있다

고독은 누가 발명한 것일까

내 안의 숨은 목소리가 깨어날 때 나는 공중곡예사가
된다

무덤 너머에서 내면을 탐구하다 길을 잃어버린 숫자들
은 외면으로 탈출을 꿈꾼다
나는 유년기의 보물상자를 흔들며 밖으로 향한 창문을
연다

과거로 통하는 출입문을 부수고 싶은 날, 미래의 불면
증을 앓고 있는 스마트폰에 접속하면 손가락 마디가 저
린다

과거는 썩어가고 현재는 익어가는데 미래는 아직 덜 익
었다

나는 겨울 일기장을 무작위로 펼친다 일기는 누구를 위한 것일까 낯선 사람에게 말 걸어 내 이야기를 들려주고 싶은가 아니면 나 자신에게 수고로이 다시 말하려는 것인가
　어느 경우에도 말이 안 되는 딜레마

　당신이 떠난 밤에는 우연의 음악이 울린다
　빛나는 달이 머리에서 나를 조종한다

　정부의 검열을 통과한 풍자극 무대에는 아무것도 없다
　연출가의 빨간 공책에는 알 수 없는 수학 기호가 적혀 있고

　무작위로 채택한 증인이 거짓말을 하고 모든 것을 삼키는 밤이 판결문을 써 내려간다
　어둠 속의 남자 등이 보이지 않는다

　무대 조명은 꺼지고

당신은 빵 굽는 타자기로 요리한 달콤하고 씁쓸한 보고서를 문서파쇄기에 밀어 넣는다

보고서의 타계를 애도하며 일동 묵념

• 폴 오스터(Paul Auster)의 작품명 일부 인용.

내 안의 적란운

찬 공기가 더운 공기를 밀어 올리는 날, 혓바닥을 겹겹이 쌓은 한숨이 천장을 향해 퍼진다. 내 안에 번개가 그치지 않는다. 벼락 맞은 것처럼 심장이 느리게 뛰고

목 비틀린 선풍기는 마른 방안에 번개를 부른다. 두꺼운 구름에 우두커니 버티던 엷은 헝겊 인형이 고개를 떨어뜨린다. 방바닥에서 올라온 우박이 지루한 점선을 그어간다. 뭉쳐 내려오는 지독한 권태는 낮게 뜨는 솜털을 침대 위로 날린다.

부르튼 공기 속에 비구름씨가 되어 집안을 떠다닌다. 북서풍이 분다. 아무도 기억하지 않을 혼자만의 방에 낯익은 천둥소리가 간헐적으로 들린다. 작은 텔레비전 속 화면이 바뀔 때마다 구부러진 방바닥은 축축해진다. 곳곳에 곰팡이 피고

침묵과 어둠은 바닥에 뒤엉켜 있다. 마룻바닥이 우박소리를 내며 뒤틀린다. 얼어터진 볼에서 검버섯이 돋아난다. 비구름이 색 바랜 벽지를 타고 올라 창문이 얼룩진다.

더 이상 가라앉을 수 없어 밑바닥을 보는 것은 마지막 위안일까. 명치에 걸린 장마 전선이 이상 신호를 보낸다.

배세복

■ 2014년 광주일보 신춘문예 당선.
■ 시집 『몬드리안의 담요』 (시산맥, 2019).
■ 시집 『목화밭 목화밭』 (달아실, 2021).

방죽이 있고
툇마루가 울리고
상갓집은 멀고
손가락이 달라붙고
구들장은 꺼지고

방죽이 있고

수리조합장 집은 방죽 아래 있었고
하늘로 치솟는 추녀를 가졌다
해는 언제부터 저기서 빛났나
다른 이들은 근처 논밭에서 일을 했다
길을 걸을수록 뜨거워지는 정수리
방아깨비는 끊임없이 방아질을 했다
요즘에도 머슴이 있대요
갑은 천천히 머슴- 머슴-
중얼거려 봤다 꼭 일소가 밭을 갈다가
멈추며 우는 소리 같았다
해는 타올라 물낯 윤슬을 바라보면
타버릴 것처럼 뜨거워지는 눈알
아침부터 집에 와 있던 원준이 할머니는
손을 까부르며 빨리 갔다 오라고 했다
자기가 하는 말을 몇 번 연습시켰다
그는 이 길로 자전거를 타고 다녔다
푹 꺼진 안장, 이쪽은 물귀신이 있다는 곳이다
귀신은 왜 사람들을 데려갈까
누구는 데려오고 누구는 데려가고

정말 매미를 잡아 날개를 떼도 소리를 낼까
왜 산 것들은 죽기 전까지 우는 것일까
갑은 손그늘을 만들어 봤다 그가 하던 것처럼,
삐질삐질 땀이 솟아났다
달걀꽃도 지쳤는지 풀어진 노른자
바지를 추켜올리는 을의 얼굴 쪽으로
갑이 손나팔을 모아
아버지, 병이 태어났어요
따라하는 을의 손톱 끝이 까만 때로 가득하다

툇마루가 울리고

툇마루가 세게 울렸다
병은 숙제를 하다 멈췄으나
이내 연필을 그러쥐었다
을은 자주 책가방을 마루에 던졌다
굴뚝 연기가 잦아들어서야
을은 집으로 기어들었다
겨울밤은 길었다
윗방에 상다리를 펼치면
그제야 공부가 시작되었다
서리태를 고르던 밥상이었다
을이 제일 먼저 잠들었다
책도 펴지 않은 을을 깨우면
생각 중이라며 다시 눈을 붙였다
아침 책가방은 그가 발견했다
가방을 들고 부엌을 향하며
아궁이에 집어넣는다 소리쳤다
차가운 가방을 어깨에 두른 채
을은 아침도 거르고 등교했다
밥이나 죽여라 이눔의 새꺄!

등 뒤로 쏟아지는 그의 말에
을보다 병이 더 한기를 느꼈다

상갓집은 멀고

참뱅이 상갓집은 멀고
밤길은 고요했다
살갗을 에는 것이
달빛일 수도 있겠다 생각했다
그는 화투패를 쥐고 있었다
얼굴이 화투 뒷장만큼 붉었다
바닥에는 편육이 놓였고
새우젓 국물이 흘렀다
엄마가 아버지 끌고 오래요
이런 씨부랄 것들!
그의 거친 말보다
커진 눈동자가 두려웠다
돌아오는 길은 훨씬 추웠다
훌쩍이기 싫었지만
연신 콧물이 흘렀다
달빛은 벌써 기울었고
길가 소나무는 검게 보였다
화투패의 솔처럼 깜깜했다
언덕길에서는 자꾸 미끄러졌고

그때마다 을이 걸음을 멈췄다
자주 돌아보는 모습이
그 밤만큼은
일광 속 송학 같았다

손가락이 달라붙고

문고리에 손가락이 달라붙는 아침이었다
앞마당에는 메리가 뛰어다녔다
병은 눈덩이를 굴리다가
담요가 드리워진 안방 쪽을 바라보았다
창호지에 모란꽃이 활짝 피어 있었다
굴리던 눈뭉치를 바닥에 놓고
그 위에 올라가 양발로 눈을 밀어냈다
작고 뾰족한 산이 만들어졌다
모란꽃을 꺾어 와 군데군데 심고 싶었다
메리가 쿵쿵대며 산을 부서뜨리려 했다
옆집 원준이 엄마가 지나가고 있었다
너네 집 왜 떡 했니?
쌓인 눈보다 더 하얀 백설기였다
떡을 우물거리며 크리스마스라요
원준 엄마의 입꼬리가 살짝 올라갔다
아무것도 모른다면서 답답하다고
을이 병에게 보이던 표정 그쯤이었다
문간에는 숯과 솔가지 따위가 걸려 있었고
성탄절 트리보다 훨씬 후져 보였다

자식이 늘어나는 것도 흉이 되었다
알면서도 묻는 질문도 질문이었다
굴뚝에는 연기가 종일 피어올랐고
메리는 자꾸 달아나기만 했다

구들장은 꺼지고

구들장이 꺼지면서
끝없이 떨어지는 꿈이었다
깨어보면 방고래는 멀쩡했다
땀은 나는데 몸은 추웠다
봄꽃은 벌써 지고 없지만
손등엔 붉은꽃이 한창이었다
꿈결인 듯 자신을 부르는 소리에
누운 채로 방문을 열었다
담임 선생이었다
병의 학급만 해도
서너 명이 홍역에 걸렸다
이마를 짚는 손이 부드러웠다
부모님은 어디 갔나 묻지 않았다
집 주위는 논밭뿐이었다
이불이 닿지 않는 윗목에 앉았다가
담임은 방문을 나섰다
검은 바짓단에
먼지 같은 것이 묻어 있었다
방 안에는 포마드 향이 떠돌았다

병은 또 쉬이 잠들었고
담임 선생이 왔다간 사실을
누구에게도 말하지 않았다

손석호

■ 1994년 공단문학상 당선.
■ 2016년 『주변인과문학』 신인문학상 당선.
■ 2018년 등대문학상 수상.
■ 시집 『나는 불타고 있다』(파란, 2020), 문학나눔 선정.
■ 시집 『밥이 나를 먹는다』(ebook).

동물 재배용 비닐하우스

소금쟁이

일개미

기생충

사마귀

동물 재배용 비닐하우스

재작년 태풍에 쓰러져 멍든 기도가 작년 홍수에 떠내려
갔다

환해지기 위해 투명을 지었다

무심이 쨍쨍 비치면 무사를 뿌리고 안일을 재배했다

속을 내보인다는 건
가만히 있어도
돋고 피고 지고 열매 맺는 일보다 숨찼다

광합성은 아무리 연습해도 알 수 없는 먼 행성의 식사법

무료의 오후가 안부를 들여다보고 있었다
보려는 건 보이고 보지 않으려는 건 보이지 않았다

침침했지만 투명하다고 자랑했다
해 지면 어둠이 뼛속까지 밀고 들어왔다

성난 여름이 괴성을 지르면 지붕이 금가고 슬픔이 문고
리를 꽉 잡고 전등처럼 자지러졌다
　바람이 골목을 들락거리며 밤새 문을 두드리다 돌아갔다

　나무가 될래요 말하면서 채소가 되고 있었다 오후엔 어
김없이 시들었다

　$6Co2 + 12H2O \rightarrow C6H12O6 + 6O2 + 6H2O$

　햇볕을 어디에 내려놓을지 몰라 두리번거리다가 떨어
뜨렸다

　어느 날부터 불투명을 기다렸는데 차디찬 칼날을 숨긴
겨울이 지나가고 옆구리 찢어졌다

　머릿속에 고드름 자랐다

소금쟁이

일급수가 아니라 상류층을 고집하는 내게 일상은 끝없이 돌을 던진다

소금을 긁어모으는 소금꾼 자세지만 손바닥으로 느껴지는 파동은 매력적이다 나는 아무래도 불안을 즐기는 것 같다

파동 마루가 더 높았으면 좋겠어 마루가 높을수록 내가 더 깊숙한 골짜기까지 추락할 수 있으니까 추락할 땐 롤러코스터처럼 맨 앞자리야

사실 타인 실패를 먹고 살아 물살이 더 드셌으면 좋겠어 빠른 물살에 떠다니는 추락의 시체를 즐기지

타인이 내게로 빠졌을 때의 미세한 육감 그때를 놓치지 않고 들이닥쳐 쏘는 거야

여전히 나는 시간의 덩굴손을 붙잡고 떠있어 누군가 잘라줄 때까지 떠내려가지 않으려 다정한 척 지구를 버티며

멀미를 즐기는 동안 중력을 잊지 않은 수많은 당신이 나를 스치며 떠내려간다 나도 집으로 가고 싶다

날아가자 숨겨놓은 날개도 작고 하늘도 작지만

파동을 벗어나려 발바닥에 힘을 줬는데 버스 기사가 나를 깨운다

일개미

깊고 컴컴한 들숨의 지느러미를 악물고
터널 밖으로 나오네.

왼손에 들린 안도 한 개와
오른손으로 꽉 잡은 두려움 두 개를 떨구네.

갱문 앞에 분화구 둘레처럼 쌓이는 안도와 두려움
겨우 입을 연 날숨이 스며들어 섞이네.

왼손으로 밀린 고시원 월세를
오른손으로 연체 이자를 굴리며
다시 터널 안으로 들어가네.

살면 살수록
깊어지고 휘어지는 막장
당신은 어디쯤이고
얼마나 딱딱한지

발파할 때마다 덩달아 깨졌는데

아직 깨질게 남았는지
발파 음을 따라 새어 나오는 뿌연 당신

저무는데
아직 나오지 않네.

나는 엄마를 기다리던 어린 시절처럼
텅 빈 공터에 홀로 앉아
개미구멍을 파고 있었네.

기생충

우주의 구석, 푸른 눈 깊숙이 숨어
꿈틀꿈틀 걸어가고 있으니
정직한 굴종이 살아 있는 것 같습니다
신은 낮고 반듯하지만
이 세계의 고개는 높고 구불구불합니다
바라보기만 해도 숨차요
아침마다 고개 아래 같은 자리에서 멈춥니다
근엄하게 내려다보고 있는 계단들
우리는 매번 어제보다 조금 더 낮아 있고
질러갈 수 있는 계단 자리는 쟁취할 수도 있지만
대개 태어날 때부터 정해져 있죠
채찍을 들고 한 칸 한 칸 걸어 내려오는 햇볕이 도달하
기 전에
고개 오르길 포기하고 터널 속으로 숨어야 합니다
햇볕에 약한 종족이거든요
다행히 계단은 영화에서 본 것처럼 터널과 연결되어 있어
기어들기 쉬워요
삶을 가능한 긴 이야기로 엮기 위해
미끄러운 시간의 꼬리를 어금니로 악물고

눈치채지 못하게 단단하게 묶어야 합니다.

눈물 같은 걸 흘릴 수도 있어서

느닷없이 쏟아지는 걸 막으려면 가능한 몸을 구불구불하게 꼬는 게 안전하죠

푸른 눈 속 습윤을 빨며 꾸는 눅눅한 꿈이 익숙하기도

가끔 포기한 자신을 지켜보는 것이 즐겁기도 하고요

신께 따신 한 끼를 내미는 흉내를 내곤 하지만

똑같은 하루하루가 점액질처럼 미끈거리네요

멀리 터널 끝이 보이지만 바라보는 것으로 만족하고

그냥 여기 머물라요

긴 이야기는 어디서 잘릴지 모르지만

다시 푸른 눈 속으로 돌아오지 않았으면 좋겠어요

당신이 눈감아준다면

내가 제일 어두운 날

몰래 터널을 빠져나와 블랙홀 앞에 버려두고 올래요.

사마귀

시간은 참 심심하고 느리게 흘렀어.

손가락에 난 사마귀를 사마귀에게 먹였지.

날카로운 이빨에 살점이 뜯길 때 통증이 즐거워 흥분된다고 말했어. 가혹한 미래가 닥치더라도 덤덤해질 수 있다고 믿었어.

먹이사슬의 삼각형은 뒤집을 수 있는 게 아니었어. 우리는 각자 보호색을 칠하고 그 속에 숨어 먹이를 노려보고 있어. 송곳날을 갈며

눈이 수없이 늘어나고 더듬이가 길어지고 말을 잃었지. 포식자처럼 딱딱해지는 턱을 괴고 싱싱한 충동을 억누르며 말했어. 억압은 욕구를 넘치게 하잖아 플로이드!

생각과 기억의 혀가 날름거리고 눈을 감을 수도 없는데 자꾸 잠은 오고 무의식이 돋아.

오르가슴은 몰라 살기 위해 섹스를 하고 무의식을 죽이기 위해 섹스 후엔 죽여야 해. 다시 돋아나지 않게 죽이고 죽이는데 죽지 않아서 죽고 싶어. 수없는 내가 태어나

허공을 바라보며 짖었는데 아무도 쳐다보지 않았어.

저기 이름 모를 새 한 마리 입을 벌린 채 나를 향해 날아오고 있어.

송용탁

■ 2020년 제3회 남구만신인문학상 수상.
■ 2021년 518문학상 신인상, 제4회 직지신인문학상.
제13회 포항소재문학상 대상 수상.
■ 2022년 강원일보 신춘문예 시 부문 당선, 제10회 등대문학상 우수상.
제21회 김포문학상 우수상, 제16회 해양문학상 동상.
제6회 서귀포문학작품공모 수상.
■ 2023년 심훈문학상 수상.
■ 작은시집 『섹스를 하다 딴생각을 했어』 (리디북스, 2022).

그날 단지 여름만 살았네

탈의 ─ 의심하지 않고

Say Yes

중세를 위한 구상태

서쪽으로 부르는 노래

그날 단지 여름만 살았네

사라진 우리를 위해 여름을 접종합니다

땀이 멈추지 않는 건 여름만 충실하다는 증거입니다

나는 있어도 잊지 않아서 지겨운 말들뿐

내가 보낸 말들은 철새처럼 돌아보지 않았어요

더운 사람들이 태어나는 더운 지하철 입구에서

나는 다른 이들과 다른 방향으로 악수를 합니다

초벌로 데운 소매를 쉽게 버리지 못해요

외롭기 위해 악수하는 사람 같아요

매미들의 번식이 한창입니다

울음의 넓이를 키우고 있어요

아스팔트 위에 죽은 매미는 사람들이 꼭꼭 밟아줍니다

그동안 너무 많은 말들을 보내버린 까닭에

빈집처럼 죽음도 조용합니다

그해 매미와 나,

누가 더 긴 발음이었을까요

그날의 악수는 누가 봐도 너무 잔인한 번식이었습니다

누군가는 손을 먼저 놓아야 합니다

오직 여름만 충실하도록

탈의
— 의심하지 않고

이후 방음이라는 도착을 숭배하게 된 것 같아

맨몸에 다른 이의 기억이 절실하다고 말한 순간 너의
몸은 메뉴를 정하지 못하는 애매한 경유지 같았다고

혼자 중얼거렸고 올겨울 눈이 한 번도 내리지 않은 이
유를 되묻는 것으로 퉁쳐 보았어

속출하는 솜털들을 하나씩 먹다 보면 이미 지나간 구름
속에 어제의 창이 흐르고 있었지

너는 절실했니

내 가슴은 잉여라서 사랑하는 사람에게 울음통이라고
소개했어 그래서 넌 검정색으로 매일 울었구나 내 가슴을
만져줄래 네 두 손이 까매질 때까지

흰 속옷이 순수를 키우나 봐

수줍게 떨어지는 커튼 하늘하늘 너의 옷을 잠그고 밖으로 나가는 입구를 보았어

잊히는 것들의 편년체

낭만이라는 밑천이 모두 소실되면 난간으로 유인하는 저녁과 그 겨드랑이에 숨은 바람들 계속 너의 뒷면과 마주치는 나

그리고 천진난만한 안녕

만날 때와 헤어질 때 우린 같은 말을 하고 닮은 손짓을 반복하지 그 사람이라는 인사는 참 이상했어

이후 혼자 달아난 바닥을 보았다지

저녁의 한쪽이 부끄러웠어

Say Yes

거기, 한 사람의 품만큼 쉬고 있었다

언제부터 텅 빈 사람이었는지는 모른다
폭로된 표정은 해석하기가 힘들다

우리는 예쁜 파동 같아서,
두 몸을 모사하듯,
서로의 동공이 닿았,

… 다 … 이것은 비슷한 표정이 겹치는 악몽
끓는점도 무릎을 꿇는다

(다시, 향유고래라는 경유지를 돌아보며)

　곧 긴 이름의 기차가 도착할지도 모른다 기차보다 먼저
도착하는 돌풍을 안고 있다 더듬어도 등은 없었다 그래
서 추방할 수도 없었다 기차를 멈추려는 건 아니지만 나
는 고래의 등을 만지고 싶다 기차가 나의 등을 지나가고
기차가 기차를 펄럭인다 고래가 텅 빈 사람을 흉내낸다

모든 수분을 뿜어낸다

　내 입술 가장 근사한 곳이 있다면

　(네 이름이 간이역처럼 쉬고 있을 것)

　가장자리가 찢어질 만큼 독한 이름을 물고 쉬지 않는
호흡을 다스려 본다

　싱거운 발음으로 거꾸로 된 문장을 적다 보면 저절로
부풀어지는 가슴들, 가슴은 가슴 너머에 적어두고 포슬한
밑가슴만 정차한 곳, 늙은이처럼 훈계할까 봐, 늙은 철로
에 늙은 표정으로 누워버렸다

　종착역에서 향유고래가 죽었다는 소문이 들린다

　(내겐 도착의 너비가 없겠지)

　포옹을 나누면 다시 번지는 늑골

혀끝에 매단 거짓말과 침의 농도
극단적인 유령의 습관처럼
목을 가누기 전에 이미 예언이 된 사람

그래
말해줘,

우리의 결행

중세를 위한 구상태

입술은 실패했다
대신 팔꿈치가 길어졌다
중세는 중세만큼 오해했다
펴지지 않는 것을 펼칠 것이다
언제부턴가 꿈에서 깨는 이유를 알았다
페르시아 문자가 밤마다 망명을 하는 이유, 이후
중세는 허구헌 날 허구를 깁는다
굽은 현실이 펴질까봐 어쩔까봐
이런 가능의 문제를 묻는다
꿈속 페르시아 여인에게 오줌을 누면
낙타는 엉뚱한 사구를 씹는다
축축해진 중세는 속옷을 갈아입고
이마와 가장 가까운 땅을 향해 기도를 올릴 것이다
손에 쥔 물음이 자모로 흘러내린다
조금 전의 생식기를 가지러 갈까
거세 후 인질을 석방하라
입술은 실수를 몰랐다

هديه خدا را بسوزان

서쪽으로 부르는 노래

서쪽은 사라지는 것들의 반쪽

나머지는 내가 안고 있을게

당신은 해가 지는 바다를 닮았어

파도의 종을 쥐고 쓸모없는 말들을 밀어내면

검은 물보라도 변주가 쉬웠지

너의 흔적을 접고 또 접으면 종이학이 될 것 같았어

동행을 거부한 이름들과 함께 떠나고 싶은 날

네가 별자리가 될 무렵 나는 새벽을 물었지

당신의 별을 지운 건 나의 빛

당신의 바다를 멈춘 건 나의 어둠

알지 못하는 내일이 우리를 가로지르던 순간

서쪽 바다로 떠나는 타종 소리가 사소해질 때까지

해 뜨기 전 바다를 닮은 나

두고 온 것을 무심히 바라보았어

그렇게 사소해지기로 했어

이력

■ 2013년 계간 『시를사랑하는사람들』로 등단.

■ 시집 『시인하다』, 『삼국유사대서사시-사랑편』.

■ 저서 『시야 놀자! ─ 초등학생을 위한 시작법』, 교육청예술지원사업.

■ 저서 『문두루비법을 찾아서 ─ Beautiful in Gyeongju』.

경상북도 출판지원사업 선정.

■ 제10회 경주문학상, 제2회 시산맥시문학상 수상.

■ 웹진 『시인광장』 부주간, 동리목월기념사업회부회장.

시인하다

박달재 신화

시인하다

난 말의 회랑에서 뼈아프게 사기 치는 책사다
바람벽에 기댄 무전취식 속수무책 말의 어성꾼이다
집요할수록 깊어지는 복화술의 늪에 빠진 허무맹랑한
방랑자다

자 지금부터 난 시인是認하자

내가 아는 거짓의 팔 할은 진지모드
그러므로 내가 아는 시의 팔 할은 거짓말
그러나 내가 아는 시인의 일할쯤은
거짓말로 참 말하는* 언어의 술사들

그러니 난 시인詩人한다

관중을 의식하지 않기에 원천무죄지만
간혹 뜰에 핀 장미에겐 미안하고 해와 달 따위가 따라
붙어 민망하다
날마다 실패하는 자가 시인**이라는 것이 원죄이며
사기를 시기하고 사랑하고 책망하다 결국 동경하는

것이 여쭤다
사기꾼의 표정은 말의 바깥에 있지 않다
그러니 詩人의 是認은 속속들이 참에 가깝다

• 장콕도

•• 이성복

박달재 신화

모두가 알 것 같았지만 모두 모르는 척했다

똬리 튼 살모사 눈알이 사금파리마냥 반들거리던 봄이
었다
경운기 엔진음 같은 이장의 목소리가 부고를 알렸다
회관 확성기 소리를 베낀 부추밭 꽃이랑이 일순 내밀한
비밀처럼 술렁거렸다

과부였던 감실 할매가 대를 이어 청상이 된 며느리, 반
성댁을 지목할 리 없었다

"내사 암 것도 모린데이~, 갸가 이거를 목마르면 마시
라꼬…"

치명致命은 몽롱했다
깨진 막걸리 사발만이 예리한 정황을 전하고 있었다

그러나 어쩔 것인가
침묵이 어리석은 자들의 미덕임을
누가 실존에 앞선 본질을 강요할 수 있나

남편의 무덤에 풀약을 치고 왔다는 알리바이는 허술해
서 더 자명했다
그 밤, 해거름 아지랑이도 감실 할매의 혼인 양 귀촉도
소리 따라 박달재를 울고 넘었다
반성댁의 곡소리만큼 밤은 깊고 마을은 흉흉했다

모두가 알 것 같았지만 모두가 모르는 척했다

2

밤마다 시아비는 군에 간 서방 대신 속곳 봉두에 불 지
피고 낮이면 가로 톳 숭숭한 젊은 시아재가 영주댁의 문
지방을 들락거렸다
철없는 시누이가 근거 있는 소문을 퍼트리는 동안 마을

은 술렁거렸다 까마귀 까악까악 소리에 놀란 봇도랑 고마리가 오종종 줄지어 피던 봄 영주댁은 떡두꺼비 같은 아들을 낳았고 다음해 가을엔 꽃순 같은 딸을 낳아 삼대가 멍석말이를 당하고 동구 밖으로 쫓겨났다 시아비는 시아비, 시아재는 여전히 시아재, 삼촌이 오빠가 되었지만 영주댁은 평온했다 서방의 전사戰死 통지서가 날아들던 날, 마을은 잠시 아주 잠시 술렁거렸을 뿐 울바자 너머 소란을 잠재우듯 박꽃이 줄지어 피어나고 동구 밖 까치 소리에 처마의 고드름이 녹아 죽담 돌 허벅에 또롱또롱 맺히는 봄, 마을도 곧 평온을 되찾았다

돌을 던질 자격은 누구에게 있는가?
돌 대신 거울을 내 얼굴에 비춰본다
돌을 던져 거울을 깬다면 그것이 필경 마뜩한 윤리가 될 것이다

3

돌탑 보 얼음장이 쩍쩍 갈라지고
성황당 오방색 깃발도 웅웅 바람 소리를 베꼈다
범 부엉이 당수나무 우듬지에 들명날명 암흑의 밤을 쪼
아대면
마을의 전설이 소리로 부활했다

당골의 점사는 잔인했다
난 자리에서 내리 여섯, 죽어 나간 자식의 명을 이으려
초유도 먹이지 못한 아이의 목을 새끼줄에 묶고 박달재
를 울고 넘었다는
감실댁의 곡성일 거라고들 했다

만물에 응해도 자취가 없는 사람 마을에
만물의 감응이 가혹한 모정을 타전하는 밤이었다

4

다 잠기진 않았다

몇 해 동안 물속에 뿌리가 잠겨도
가을이면 여지없이 주렁 방울지던 감나무가
수몰된 마을의 남은 흔적이었다

외지인들이 선점한 언덕배기엔 '민물횟집'들이 우후죽
순 늘어서고
아베크족들의 검정 세단이 더러 수몰의 적막을 깨고 사
라지는 동안
가끔 이주민들도 향수에 겨워 찾아오기도 했지만
사라진 이백여 가구 푸세식 변소의 양분을 먹고 자랐을
향어鄕魚를 반길 리 없었다

아는 이는 서럽고
모르는 이는 즐거운 곳이 고향일 것이다

'안태고향安胎故鄕은 영원히 수몰된 적 없다'
할머니의 회한이 물빛 윤슬로 내려앉았다

• 박달저수지는 경주시 내남면 박달리에 위치한 저수지로 200여 가구가 수몰되어 만
들어졌다.

5

방학에만 잠시 다니러 왔지만
청사초롱 음양의 조화로 곧 아이는 들어섰다

혼인한 지 이태가 넘도록 남편의 얼굴이 가물가물하던
학교 문 앞에도 못 가본 초산댁이
유학 간 남편을 오매불망 기다리는 동안
신방 열두 폭 병풍엔 매화가 피고 자라가 자라고 서리
가 일었다

백년百年을 수놓은 베개를 안고 삼동 눈물로 지샌 새색
시는
이듬해 봄, 손을 잡고 온 신랑과 분첩 같은 첩실댁이 자
고 있는 별채에
돌팔매 대신 밥상을 고이고이 지어 올렸다

기다림과 그리움엔 면역이 없고

죽어서야 남편 곁에 안긴 초산댁인 양 달맞이꽃은
굽이굽이 박달재 선산 아래 무덤가 서리서리 피었다

정윤서

■ 경기 여주 출생.
■ 동국대 문예대 석사 과정.
■ 한국작가회의 회원, 한국시인협회 회원, 웹진 『시인광장』 편집위원.

해바라기 샤워기

더블 침대

차단기

오후 5시 옥상의 프랑켄슈타인

설렁탕

해바라기 샤워기

욕실 벽에 매달린 해바라기 샤워기가
구멍 촘촘 물방울 머금고 있다
햇빛과 바람만이 끼니의 전부이던 때
온통 그을려야 생이 여문다 믿었던 적 있다

품었던 씨앗들 모두 탈골해 버리고
꺾어진 목으로 바닥을 향한 해바라기
반 평짜리 부스에서 고개 떨군 채
욕실 벽 파고든 제 밑동을 내려다본다

벽 속 숨겨진 저 물관 따라가면
눈물의 근원에 도달할 수 있을까
땡볕 속 그늘나무 곁을 에돌던 그 사람은
어디에 도착해 있을까

빈집에 남아 누군가를 기다리는 사람
불혹을 넘어서도 가진 것은 눈물뿐
몸속의 누수를 감추고 또 감춰야 했던
쭉정이의 시간이 거울에 남는다

햇볕과 바람만이 끼니의 전부이던 시절
결코 울지 않겠다고 버티던 그 사람의 눈물샘에
그렁그렁 물방울이 맺혀 있다

더블 침대

털썩 앉은 두 사람의 엉덩이쯤이야
냅다 누운 두 사람의 어깨쯤이야
두 사람쯤이야 숨소리쯤이야
웅크린 쇠줄로 부드럽게 단단히 받을 수 있지
나선형 쇠줄로 웅크린 나는 탄력적이니까

주저앉은 한 사람 엉덩이쯤이야
힘없이 쓰러진 한 사람 어깨쯤이야
홀로 누운 여자쯤이야 머리맡 작은 물병쯤이야
먹지도 않고 누워만 있는 여자, 화장실만 겨우 다니는
여자
맥없는 여자는 사실, 사실은 위험했는데

원효로 언덕바지 참기름집 막내아들
지방 공기업 인턴이었던 여자
선을 본 지 백일 만에 식을 올린 그들은
사실, 사실은 위험했는데

화장대 거울에 비친 로션과 립스틱

둥글게 말아놓은 넥타이
모서리에 걸터앉은 남자는 버릇처럼
양손으로 머리를 쥐어뜯는다
늦은 햇살 늦은 후회 꼬인 혓바닥
탄성과 복원을 망각할 지경이지
모두 다 망각할 지경이지

신행 직후 안방에서 뛰쳐나간 남자와
밤낮 내게 몸을 맡기다 떠난 여자는
첫날부터 기묘한 정적뿐이었다
여자가 누웠던 자리를 쾡하니 보는 남자의
시선이
어둠이 깊도록 자세를 바꿀 줄 모른다

더블은커녕 싱글도 움키지 못한 나는 언제
내쳐질지 모르는 신세
어쩌다
힘없는 남자의 엉덩이만 느끼는 나는
여전히 부드럽고 탄력적인데 단단한데

차단기

매립된 물길 위로 찬란한
해운대 주상복합 빌딩들
그 현관에는 죽은 연인의
대리석상이 새겨져 있었네
군데군데 비늘이 벗겨진
물고기들이 있었네

여름밤 마린시티
열리지 않는 차단기를 노려봅니다
누를 수 없는 방재실, 삭제된 출입 코드
차단기의 푸른빛이 출렁입니다
차량을 스캔하는 레이저는 차분합니다

걸림돌로 규정당한 나는 막막한 떠돌이가 되었습니다
디딤돌이 되겠다던 당신은 변하였건만, 나는
당신 곁을 낮이고 밤이고 떠도는 질긴 파도가 되었습니다
흐름을 막고 끊어 버리겠노라 선언한 당신
여지를 주지 않겠다는 당신, 거대한 방파제로 전환된

당신
　시간은 외눈박이 눈조차 가리고 말았습니다
　의미와 무의미를 넘나듭니다
　차단과 해제가 반복된 스마트폰을 봅니다
　차단기가 혼자 푸르게 발광發光하고 있습니다
　나는 몇 날 며칠을 혼자서 창백했습니다
　발광發光과 발광發狂 사이에서 긴 정차를 했습니다

　메꿔 버린 바다의 바닥에는
　우리가 낳은 물고기의 숨통이 끊겨 있습니다
　이리저리 숨죽인 물고기들, 웅장한 건물로 들어선 당신
　숨과 숨은 공기를 따라 물과 물은 물길을 따라
　예전의 모든 것들은 자유로웠지만
　이제는 끊긴 숨과 물길
　당신은 거친 결정권자가 되어 생이별을 강요합니다
　우리가 그토록 오래 끌고 다닌 것은 무엇인가요
　어느 문을 닫을 것인지는 각자의 몫
　나는 강요당한 이별과 이별하기로 결심했습니다
　함부로 버리지 않는 사람 앞에

함부로 버려지지 않는 사람이 되기로 결심했습니다
생각나지 않는 슬픔과 생각나는 약속은
나의 작은 영토 안에 묻었습니다
미열이 납니다

세탁 전문
활어회 전문
후진과 돌진 사이에서 출렁이고 있습니다
바닥에서 내 눈을 응시하는 물고기를 봅니다
테트라포드는 잠재적이면 좋겠습니다
익사체는
영원히 움직이지 않거나 한동안만 출렁이면 좋겠습니다

오후 5시 옥상의 프랑켄슈타인

세브란스 옥상에서 바퀴를 굴리는 그는
프랑켄슈타인으로 변해갔다
옥상 난간에서 땅바닥을 주시하는 그의 휠체어
광화문 사옥 인근 술집에서 동료들과
상자째 맥주를 마셔도 끄떡없던 그였다

감염경로 불명 에크모 치료를 마친 그
폐는 반 석회화 지능은 반 지진아
일 년째 입퇴원을 반복 중이다
깃털을 달아줘 장식이라도 좋아
코로나 후유증을 날리게
날릴 수가 없다면 차라리 휘뚜루마뚜루
저 땅 밑으로 꺼질게

역병의 제왕 코로나
왕관을 아로새긴 맥주의 제왕
왕관의 돌기로 무작정 찌르고 뚫는 바이러스
찔린 심장은 때론 부풀어 오르지
비틀거린다는 것은 똑바로 걷는다는 증거

125

커다란 깃털을 훔쳐서라도 날고 싶어

휘뚜루마뚜루
위드역을 폭파한 프랑켄슈타인
더 뾰족하고 기괴한 새 왕관
빽빽해진 몸값을 배로 올린 술병들
밀착되지 않은 마스크와 밀착된 입술들
붉게 뭉개지는 눈빛들
잘린 피가 스민 스테이크 조각
가까이 갈게 심장이 터지면 어쩌지?
불룩한 와인잔을 들고서 펭귄처럼 뒤뚱뒤뚱
휘뚜루마뚜루 오늘밤 같이 있자

디리리링 접종 유효기간 하루 남았습니다
변이역 너머 변이역
마스크를 찢고 가면을 찢고 통제를 찢고
침 튀기는 공방전 침 튀기는 불의 눈을 켜
방울방울 타오르는 침방울들
모듬전 한 접시 더 주세요

커피로 이륙하던 아침과 알콜로 착륙하던 저녁마다
악마의 얼굴이 사람을 닮았다는 고전의 옆구리를 후려
쳤지
조기 출근 늦장 퇴근을 일삼던 종자들을
이동 금지와 정지 화면 속에 봉쇄하고 휘뚜루마뚜루

알파 오미크론 프랑켄슈타인으로 변모한 변이역
브레인 포그가 들어찬 머리를 마구 흔들어
농도별 맥주를 순식간에 훑고
밀실과 야합 속에 취하고 싶어
한강이 토사물로 넘치도록
빽빽한 곳일수록 창문은 꼬옥 닫아
콩나물시루를 덮은 짙은 보자기처럼
파래지는 것보다 노래지는 게 좋아
휘뚜루마뚜루 에어컨과 히터를 동시에 틀어

헬륨가스통을 열고 봉지 양끝을 잡아당기면
흐릿흐릿 편안해질 테지
갯벌에서 폴짝폴짝 뛰는 짱뚱어가 될지도 모르지만

모가지를 꺾어버린 하얀 봉지가 될지도 모르지만

세브란스 옥상에 대기 중인 에어 엠블런스
관제탑, 깃털 달린 휠체어는 없습니다
기내 배변 서비스는 특화되었습니다
자살 봉지 양끝을 당기시면 편안해지실 겁니다
병나발을 불던 휠체어는
깜깜한 착륙과 캄캄한 이륙 사이에서 휘뚜루마뚜루

설렁탕

늦은 밤 들어선 24시 설렁탕
식탁의 설렁탕은 뜨겁고 뽀얗다
한 숟가락 뜨고 나니 눈물이 흐른다

창밖의 그믐달이 겨울바람에 출렁인다
식당 주인은 하품을 하고

식어버린 설렁탕은 기름이 둥둥
숨겨진 본성을 드러낸다
데운다면
다시 뽀얗게 되겠지만

가게 문을 나선다
칼바람

잘 가라
뜨거웠던 사람아

채종국

■ 2019년 『시와경계』로 등단.
■ 한국작가회의 회원, 웹진 『시인광장』 편집위원, 『시와징후』 편집위원.

간과 격

붉은 재즈Jazz

기미幾微

비누의 자세

칼의 바깥

간과 격

나는 알고 있다
나무와 나무의 간격이
구름과 구름의 간격이
바람과 바람의 간격이 얼마나 쓸쓸한지를

수성과 금성
지구와 목성
별과 별 사이
그 간격은 또 얼마나 쓸쓸한지

당신과 나 사이의 간격은,
그 안에 감춰진 공허는 참을 수 없는 쓸쓸함

간격은 그렇게 쓸쓸한 것
공허는 그렇게 외로운 것

애초에 우주는 외로움과 외로움의
간격에 자리 잡은 오랜 공허가 밀도를 높여
쓸쓸하게 팽창 중인 것은 아닐까

어둠과 어둠의 간격이 쓸쓸해서 빛을 부르고
겨울과 봄의 간격이 쓸쓸해서 꽃을 부르고
공허와 공허의 간격이 쓸쓸해서 신을 부르고
당신과 나의 간격이 쓸쓸해서 사랑을 부른다

'간'과 '격' 사이
크레바스에 빠져 건널 수 없는 허기

나무는 구름을 부르고
구름은 바람을 부르지만, 공허를 채울 수 없는

이 작은 간격의 쓸쓸
이 작은 행성의 쓸쓸

붉은 재즈Jazz

악기의 연주 같았어
장작 타는 소리 말이야

때론 불협한 듯한, 때론 생생한 듯한
흩날리는 불티는 나무가 남긴 마지막 음표였겠지

자신을 태우면서도 빗소리처럼 차분했어
죽음은 그렇게 뜨겁고 차갑다는 듯

타닥타닥 두드리는 저 타악에는
정령의 목소리가 담겨있었어

악보에도 없는 연주를
저렇게 뜨겁게 한다는 것은
재라는 묵음을 이미 알고 있었던 것은 아닐까
그 희고 고요한 소리를 말이야

자신의 몸을 켜는 변주는
생살을 저미어 올리는 번제 같았어

자신을 제물로 올리는 축제

바람의 리듬을 가져오고
별빛의 흥겨움이 현을 타면
구겨진 종이 같은
불꽃이 일어나 춤을 추었어

한밤의 군무가 누군가를 부르고 있었어
엎드리다 다시 일어나는데
어서 사라지고 싶다는 말이 들려왔어

맹렬한 슬픔인 듯
맹렬한 사랑인 듯,

눈을 감고 들어 봐
얇게 저민 저 최초의 붉은 재즈Jazz를

기미幾微

라디오 속, 계곡이 깊어졌습니다

커튼 속 어둠이 주름져 갑니다

매미의 울음이 암매장되었습니다

빌딩의 불빛이 조등을 매답니다

성당의 종소리가 연기처럼 가벼워집니다

나팔꽃 파란 연주, 서늘한 정오를 지납니다

담벼락 햇살 한 줌, 눈물과 바꿉니다

기차가 철교를 허밍처럼 지납니다

달의 상처가 뚜렷이 보입니다

가로등 졸음에 저녁이 깊습니다

바람의 살결이 파충류를 닮습니다

골목이 또 한 살, 잎새를 드리웁니다

강물의 바뀐 필체를 읽을 수 있습니다

까마귀 울음소리, 담장을 찢습니다

다시 새벽, 별빛과 내가 가까워집니다

숨소리가 바늘처럼 가늘어집니다

심장이 자꾸 입을 닫으려 합니다

가을이 오고 있습니다

비누의 자세

날마다 살을 발라내고 날마다 뼈를 추스른다
발라낸 육신을 빌려 두 손 모아 향기롭게 빌어보지만
오늘의 자비는 내일로 미끄러진다

표정을 읽을 수 없어 고통을 헤아릴 순 없지만
점점 더 둥글어지는 것은
네모난 생을 쉬이 건너지 못하기 때문일 것이다

각진 육신,
그 모서리를 둥글게 하는 힘은
타인의 손길이 아니라
자신의 부드러움이었다는 것을
닳아져 가는 입술에 거품을 물며
욕탕 바닥에서 숨죽여 울 때 알았다

기름때 묻은 내 삶의 허물을 향기로 닦지만
움켜쥔 것들을 놓기에는 손아귀 속 욕망의 악력이 세다

스스로 허물어져 가는 둥근 자세

부드러운 저 소멸은 뼈와 살을 구분할 수 없다

칼의 바깥

칼의 가슴은 언제나 피가 끓고 피를 부른다
그것은 칼과 죽음의 함수 관계
칼의 창조 원리

살생을 위해 숨을 가다듬는다지만
찌를 때마다 칼의 뼈에는
구멍이 숭숭 뚫린다

살을 벨 때마다 창백해지는 칼의 낯빛
뼈에 닿을 때마다 죽음은 전이된다

칼날은 칼의 숨결
날카로운 숨결에
칼의 원죄가 매달려있다

사람들은 광대뼈 닳아진
찡그린 미간을 가진 칼을 읽지 못하고
일그러진 투명한 얼굴을
명검이라 부른다

세상의 붉은 피를
제일 먼저 혀에 올려 맛을 보지만

실은 그 모든 것들의
맨 처음 붉은 눈물인지 모른다

맨 처음 죽음을 혀에 굴리는지도

피눈물이라는 말은 거기서 처음 닦아낸 말인지도,

칼의 숨결에
생의 안쪽이 투명하게 반짝인다

곧 붉어지는 것도 모르는 채

최규리

■ 서울예대 문예창작과 졸업.
■ 2016년 『시와세계』로 등단.
■ 시집 『질문은 나를 위반 한다』 (시와세계, 2017).
■ 시집 『인간 사슬』 (천년의시작, 2022).
■ 14회 시와세계 작품상 수상.

페스티벌

들끓는 인파.

새롭게 개장한 광화문 광장에서 아기가 놀고 있다 서투른 걸음, 엄마의 손을 뿌리치고 넘어진다. 기어가던 아기가 땅에서 손을 떼는 순간
직립한다.

함성과 박수가 쏟아졌지

인간의 탄생은 손에 있다. 손은 행복했고 따뜻했어. 손과 손의 결합으로. 손에 이끌려 학원을 가고. 손으로 회사 출입문을 해제하고. 손으로 뺨을 얻어맞으며

손을 잃고 주먹을 얻어. 땅따먹기 놀이에 빠진 세계.

손과 손의 결합으로. 손을 흔드는 아이들에게 떨어지는 총알사탕. 여자 친구는 두 손을 흔들며 소리를 지른다. 끌려간다.
납작해지고 붉은 꽃물이 흘렀다.

아이들이 모여 있는 공원에서. 검은 폭죽이 무성하여. 흰 깃발들이 숲을 이루는 환호. 어떤 함성보다 크고 고요하여 심장이 멈추는.

무수한 나뭇잎이 돌이킬 수 없는 손이 되어.

붉은 꽃잎 사이에서. 죽은 척했던 산 자가 일어난다. 겹쳐진 사람들 사이에서. 아니, 겹쳐진 두개골을 들추고. 저세상 문 앞에서 빠져 나온 어떤 사람으로부터. 한 걸음, 한 걸음, 발트의 길*을 나서며

다시, 당신의 손을 내밀어 주세요.

나와 당신과
저기 저 사람들과
여기 우기와
함께 손을 모아

이 땅에서 손을 떼도록

헬리콥터에 매달린 사람들과 폭격하는 독수리와 물에
빠진 비둘기와 총을 멘 아이들이 찬란한 핏빛 속에서. 넘
쳐흐르지 않게.

익수자는 허우적대며 손을 뿌리치고. 구조자는 동의를
얻느라 손을 망설인다. 어긋나는 물과 불이 되어도. 불꽃
이 타오르는 향연에서, 서로 이별하지 않게.

손을 잡고 합창을 할까요.

미래의 아이들에게 주고 싶은 것은 종자 씨앗들이죠.

나무가 된 사람들과
행성이 된 사람들이 있는 곳으로 몸을 뻗어

지구를 둘러싼 들끓는 손, 휘몰아치는 칼춤의 정점에서.
눈부시게 환한 나비가 되어 사뿐히 날아오르기를. 연인의

손을 잡듯이. 작은 떨림이, 우기를, 무기를, 멈추기를. 아이
의 웃음소리가 무덤에서 먼바다로 흘러가기를.

　　다만, 노래하는 새와 포옹할래요.
　　발트*의 신발을 구름에 묶어두면 좋지 않을까요
　　어디든 자유롭게

　　지구는 누구의 것도 아니므로
　　누구의 것으로 만들려는 이들로부터

● 발트의 길은 1989년 발트 3국이 소련으로부터 자유와 평화를 주장하며 만든 인간
띠.

매달린 사람

트럭이 달린다 시체들을 싣고 속도가 점점 빨라지자 시체들은 풍선처럼 떠올랐다 공중에서 우산처럼 팽창한다 보관할 곳 없는 이야기가 달린다 달리는 수밖에 없다 멈추는 것은 다른 차원의 얘기라서 시체는 트럭을 달리게 할 뿐이다

육체와 바퀴의 아첼레란도
육체를 둘러싼 공기가 칸타타 콘트라베이스로 감싸 안으며 데이브 홀랜드는 일렉트릭 베이스를 연주하고 기타에 매달리고 팽팽했던 이들의 시간과
멈추지 않는 바퀴

흰 자락이 펄럭인다 사물의 정체는 차원의 세계로 향하고 만져질 수 없는 당신을 찾아간다
걸을 수 없는 사람
떠 있는 것이라고 판단하면 흰 장미가 되고 차원이 된다
트럭 아래에서 트럭과 함께 달리는 흰 개를 본다 보는 사람에 따라 주인과 산책하는 것처럼 보일 수 있다

개는 뛰는 것일까 끌려가는 것일까 트럭은 개가 공중에서 하얀 가루가 되기를 바라는 것인지 모른다 가루가 되어 사라지기를

형체도 없이 증거도 없이

물체들이 떠다닌다 바다 위에서 물새보다 위에서 바다는 멈추고 장미는 장미의 찰나를 기다린다

돌아가자 붉은 장미를 지나 흰 장미를 붙잡고 빛을 따라 같은 하늘을 반복하는 헬리콥터야 제발, 기계는 장악하기를 좋아한다 많은 것을 보려고 높이 오른다 보이지 않는 것을 보려고 차원을 넘어선다 몇 차원의 세계를 지나야 할까 차원에 대한 이야기는 무서웠다

헬리콥터에 매달려 가는 사람을 보았다

보는 사람에 따라 독수리에 끌려가는 것처럼 보일 수 있으며 하늘을 나는 사람이라고 동경할 수 있다

인질과 구출이란 비슷한 장면의 엇갈림

수증기로 확산한다면 획획 지나가는 거대 바람으로 풍경을 합성하고 착각을 불러올 것이다 공포의 시간이 둥둥 시체처럼 떠오르는데 아래에 있는 사람들은 멋지다고 박수를 칠지 모른다 보는 사람들은 낭만을 기대하고

흰 장미에 물을 준다

온도에 따라 차원을 넘어서는 물, 물체들

냉각과 따뜻함의 유지가 허물어질 때

액체와 기체의 다른 입장에서 우리는

서로 다른 코드에서 둥그렇게 구멍 난 곳에서

공중은 물을 만들어 흰 장미를 키운다 다시, 새를 불러오는 마음으로

공격하는 자와 끌려가는 자의 차원이 다른 세상에서

꽃잎이 날린다

우산처럼 펼쳐진 공포의 건축물이 떠다닌다

프랜시스 베이컨*이 저녁을 준비하며

　지방을 제거하기 위해 칼을 뽑는다 간 떨어지는 이야기
가 기다린다 복도를 걷는다 복도는 복도의 기분이 있다
어떤 방향인지 모르게 한다 문을 연다 실험실이다 주방
이 필요했는데 상관없다 물컹이는 물체를 내려놓는다 맛
있는 표본을 만들어야지 핀으로 사지를 고정한다 가슴에
선홍색 핏방울이 맺힌다 하얀 와이셔츠를 벗는다 피를 묻
히기 싫다 배를 가른다 내장들이 꿈틀댄다 날것의 생생함
을 촬영한다 잊지 않도록 기록하고 보관한다 영상을 페
북에 올린다 캡처한다 내가 정지되었을 때 빼앗긴 날들은
벽에 걸렸다 박제처럼 살아온 날들이 수집되었다 액자 안
의 얼굴이 조각난다 밤을 가른다 납작해진 얼굴에 생기
를 넣자 입맛이 돋는다 육즙이 흐른다 금속으로 긁는 소
리가 난다 선반 위에서 유리병이 흔들린다 유리병 안에는
술에 잠긴 뱀이 잠을 자고 있다 밀폐된 몸이 용기를 갖게
한다 누군가의 머리를 냉장고에 넣어둘 용기와 다리 한쪽
을 강가에 버릴 용기를 준다 연쇄적으로 손목이 발목이
생겨난다 용기에 담긴 얼굴이 선반에 있다 썩지 않도록
잠에 담겼다 늑골에 달라붙은 조직은 제거되기 어렵거든
깊은 고림은 잘 떨어지지 않아 잘 도려내려면 잘 연마된

칼이 필요해 질긴 감정을 훼손한다 누렇게 달라붙은 안쪽
을 썬다 여름에 어울리는 이야기가 될 것이라고

• 영국의 표현주의 화가.

대리운전자와 안티고네의 매드 무비

우리는 잠이 든다 전진하면서 잠이 든다 운전자는 능숙한 솜씨로 가로수길을 빠져나간다 창밖의 네온들이 긴 실뱀들을 풀어 놓는다 골목으로 접어든 순간, 쿵! 둔탁한 물체와의 강렬한 접촉 붉은 열매가 총알처럼 창문으로 날아들었다 뒷자리는 눈물로 가득 찬다 제발, 무덤을 주세요 대리자는 문을 열고 나간다 어둠 속에서 어깨가 들썩인다 빠르게 바닥에서 물러난다 병원은 언제나 무섭고 멀다 길 위에 있는 대리운전자는 차 안의 여인의 입을 틀어막는다 열매는 핏줄로 엉켜있다 모래를 뿌리게 허락하세요 맨드라미는 지속되어야 해요 지나간 맨드라미와 억울한 맨드라미 또는 흙투성이와 피투성이가 난무하는 골목에 열매들이 뒹굴었다 실뱀들이 가득 찬 곳으로 빨리 빠져나가야 하지 대리자는 대리자일 뿐, 무엇을 보고 무엇을 만지든 대리자에게 책임을 묻지 마 그는 검은 물체를 그대로 둔다 골목은 매우 아득한 피와 봉인된 입술이지 맨드라미는 무덤으로 가야 해요 꽃잎이 없어요 대리자는 손수건으로 자동차를 닦는다 병원에 가는 길은 언제나 멀다 대리자는 자격증이 없어도 언제나 잘하고 무엇이든 잘한다 캄캄한 골목은 무조건 믿을 수밖에 없는 구조를 만든다 병원은 킥킥거리는 간호사들을 만든다 찬란한 실뱀들이 엉켜있는 거리에 자동차 키를 걸어두는 일은 전혀 공포가 아니다 복부를 절개하고 피부를 열어놓는 쉽고 빠른 일상에 간호사들이 열매를 베어 문다 병원은 언제나 바쁘고 언제나 안전하다 제발, 무덤을 주세요 모래를 뿌리게 허락하세요 좋아요 오늘의 일을 묻어둡시다 차의 소유주라는 사실이 평생 공포라는 것을 묻어둡시다 열매를 묻어둡시다 열매는 꿈틀거리지 않아 그저 고요한 땅과 같아 꽃잎을 밀어냈던 열매는 바닥에 떨어졌다 바닥을 기는 것은 실뱀이 아니다 대리자는 나이프를 꺼낸다 복부를 절개하고 피부를 열어놓는 쉽고 빠른 일상과 하얀 거즈가 무덤처럼 쌓인 밤, 대리자는 무엇을 했을까 CCTV도 없이

릴리 릴리

\#

적의 없는 눈동자로
릴리 릴리
눈앞이 온통 하얘져서
낭만을 가지고 싶은 단순함이

백합을 꺾어 교실 창가에 꽂는다
선생님은 예쁘다고 친절하게 옷을 벗어주었다
과분한 사랑이다
여름이라 옷을 벗는 것이 맞다
하얀 칠판 위에 이름을 적는다

> 옷 벗는 아이 : 선생님
>
> 떠드는 아이 : 엄마
>
> 화장실 청소 : 앞에 앉았지만 한 번도 말을 하지 않은 애

수행평가 시간이다
선생님은 도화지를 보면 가슴이 벅차다고 한다

숨쉬기 어려우니 옷을 벗는 것이 맞다
아무것도 그리지 않은 도화지를 보며

흰 꽃잎이 예쁘구나

아무것도 안 보이는 것은 아무거나 말하면 된다
아무거나 말했으니 아무거나 되어 버린다

%

법 없이도 살 수 있는 사람
미련하게 착하다고
바보 같아서 아무것도 할 수 없는 사람이 있다
법이 필요가 없는 사람이다

미처 깨닫지 못한 세계라서
쉽지 않다고
릴리 릴리

진한 향기는 맹세하게 만들지

　　　선생님은 엄마를 닮았으니 나에게 젖꼭지를 주세요

앞으로 절대 말대꾸하지 않겠다고
아장아장 걸어가겠다고
옷에 오줌을 싸지 않겠다고
벗으라면 벗겠다고
아무것도 보지 않겠다고
손가락을 걸고
시키는 것 다하는 착한 사람이라서

*

흉기를 들었다고 보도됐지만 사실은 모기채를 들었어요
전기 모기채에 모기가 타는 소리는 사실은 효과음이라네
현금 인출기에서 돈을 세는 소리도 효과음이에요

죽은 모기가 바닥에 떨어진다

함부로 피가 번져 있다
그것은 모기의 피가 아니다

모기는 애인을 닮았으니 피 빨아 먹힐 준비를 하세요
릴리 릴리
병실은 하얗고 피로 물들기 좋은 환경이에요
피나는 노력은 아주 쓸모없어서
내 피는 바닥나죠

&

현금은 흔적이 없어서 비현실적이다
어디로 가는지 아무것도 보이지 않아서
엄마는 돈을 세며 말한다
그러니 아무 문제없어

학교는 아무도 없다 아무것도 보이지 않아서
선생님은 아무 말 못 한다
학생들이 무서워서

책을 던질까 봐 담배를 빌려달라고 할까 봐
하얀 가루들로 가득하다
나부끼고 뒤집히고
재가 떠다녀서 앞이 보이지 않는다고
릴리 릴리
둘러대기 좋은 말이 떠다닌다

술에 취해 비틀거리며
아무것도 기억나지 않는다고
무조건 주장하는

모기채가 사람은 잡을 수 없는데
솜방망이를 휘둘러 봐야
모기들이 도망가는 고요한 날이어서
정말 평범한 날이 되어버린
심신 미약 상태라서

최재훈

■ 제3회 정남진신인시문학상 수상.
■ 2018년 계간 『시산맥』으로 등단.

그 음악은 제발 틀지 마세요, 디제이
늙은 말을 타고
깃털이 죄다 빠져버린 하늘이
툭툭, 유리창에 떨어지는 나날들에 대해
사랑과 동정 사이
여름 강변에서

163

그 음악은 제발 틀지 마세요, 디제이*

잊었던 사람들이 생각나요, 디제이
시멘트 가루가 보푸라기처럼 일어나는 거리에서
마른 햇볕이 찢어진 전단지로 뒹구는 공원에서
디제이, 우린 걸었어요

당신이 전선줄 위에 새들을 한 마리 한 마리씩 올려놓자
우리 머리 위로 새하얀 깃털이
폭설이 되어 쏟아지는
한 치 앞도 보이지 않는 풍경 속을
걸었어요, 디제이
낙엽처럼 흩날리는 발자국들 위에
우리의 가느다란 발들을 하나씩 하나씩 올려놓으며

디제이, 전원이 나간 전자기기처럼
새들은 멍하니 전선줄에 매달려 있고
새까맣게 그을린 하늘 위로 몇 개의 별빛이 깜빡거리며
얼마 남지 않은 전력을 낭비하고 있는
당신의 황량한 음악 위에서, 디제이

우린 우릴 멈출 수 없었어요
끊임없이 귀에 들러붙는
당신의 휘파람 소리를 떼어내고 떼어냈지만
그것은 귀청이 찢어질 것 같은
적막 속으로 우릴 자꾸만 데려갔지만
문득 옆을 보면
우리의 옆모습들만 끝없이 펼쳐지는
그 음악은

제발 틀지 마세요, 디제이
잊었던 사람들이 깃털 속에 파묻혀
볼륨을 최대치로 키우고 있는 침묵을

폐허 위를 걸어가는 힘없는 그림자들 위에
더 이상 지푸라기 같은 햇볕을
들리지 않는 이어폰을 꽂고
불 꺼진 신호등 앞에 서 있는 외로움들 위에
더 이상 당신의 뾰족한 바늘을

올려놓지 마세요, 디제이
그것이 끝나지 않는 음악이 되기 전에
우리의 아픈 A면을 모두 뒤집어
이윽고 B면이 시작될 때까지
유리 상자 안에 갇힌 당신이
천천히 헤드셋을 벗고
보이지 않는 먼 곳을 바라보는 장면에서
다시 시작되는

고갤 들어 하늘을 보면
새까맣게 그을린 빌딩숲 사이로 햇살이 내려와
하얗게 지워진 우리의 머릿속에
깊고 고요한 소리 골을 그어주는

눈물방울이 지지직-
아름다운 잡음이 되어 굴러다니는
그러니까 디제이, 리듬을 켜줘요

우리가 우리의 발자국만으로 춤출 수 있도록
마침내 잊었던 사람들이 모두 돌아와
당신의 리듬을
모조리 망가뜨릴 수 있도록

• 윤시내 <DJ에게>.

늙은 말을 타고

너는 먼 곳에서 말이 없다.

나는 외딴 마구간에 버려진 늙은 말을 타고
투명한 얼음 벌판을 지나
모양이 똑같은 두 개의 호수 사이에서
두리번거린다.

높은 첨탑이 보이고
이곳에서 유일한 식물이 저 안에 갇혀 있다.

늙은 말을 호숫가로 데려간다.
호수의 물은 검고 따뜻하다.
호숫가엔 말들의 하얀 뼈들이…

이상하지, 이곳은
말죽 끓이는 냄새가 진동하는데
살아 있는 말은 보이지 않으니.

말이 목을 축이는 동안

나는 방죽 위에 걸터앉아 하늘을 본다,
흔들리는 둥근 빛을 본다.

호수가 싸늘히 식으면
이곳은 낡은 첨탑만 덩그러니 남을 것이다.
저 안의 식물은 첨탑을 무너뜨리고
마침내 벌판의 외로운 침묵이 될 것이다.

사람들은 죽은 말을 버리고
모두 어디로 사라져버린 걸까.
차가운 바람이 새어 들어온다.
누가 저 하늘을 닫아주었으면…

방죽 위에서 무거워지는 생각들,
호수 아래로 던져 버리지 못한다,
그것들이 발목에 칭칭 감겨서.

목을 축인 늙은 말이 앞장을 선다.
조금 힘이 난 것일까.

검고 따뜻한 힘이…

나는 말의 등을 쓸어주며 걸어간다.
내 말은 너무 늙고 병들었다.

먼 곳에서 너는 말이 없다.

깃털이 죄다 빠져버린 하늘이
툭툭, 유리창에 떨어지는 나날들에 대해

창은 풍경의 껍질을 깨고 창밖으로
창밖엔 깨진 유리 조각들과
몇만 겹인지 모를 두꺼운 풍경이

의자는 마침내 일어나
생각에 잠긴 방안을 천천히 거닐고
거닐수록 방안은 점점 구부러져
엉거주춤 의자 모양으로

거울 밖으로 걸어 나온 거울이
거울을 본다
거울을 보는 거울을 보는 거울을
얼마나 많은 거울을 깨뜨려야
저 수많은 거울을 끄집어낼 수 있을까

가슴에 꽂힌 두 개의 창을 뽑아 들고
벽시계가 벽 밖으로 뛰쳐나가 허공의 가슴을 향해 창을
연결 동작으로 일 분에 한 세트씩 무한 반복
(창을 뽑는다, 뛰쳐나간다, 창을 던진다)

바닥을 뚫고 우르르 밀려올라온 바닥들
차가운 배를 밀며 어디론가 줄지어 기어가고
어디선가 끊임없이 쫓아오는 발소리

어둠이 바스락거리며 해진 어둠을 벗는 소리
멀리서 들려오고
새벽 거리마다 벌거숭이들이 희미하게 쓰러져 있다

길가엔 고장난 선풍기들 총총거리며
길바닥에 떨어진 바람을 쪼고
낡은 침대는 이제

창가에 우두커니 서서
자신의 오래된 살을 떼어 이쪽을 향해 던지는
아침해를 바라본다

마지막 인사를 던진 후에도
문은 문 앞에서 꼼짝하지 않고

하늘을 날아가던 새들이
공중에 묶여 있다
종이 모빌처럼 가만히 흔들리며

사랑과 동정 사이

한쪽 다릴 잃은 개가 지나간다
무슨 일이 있었던 걸까

반신불수의 노인이 반신을 끌고
공원을 힘겹게 돌고 있다
텔레비전에선 굶어 죽어가는 아이들의
초점 잃은 눈동자
뜨거운 보도 위에
지렁이들이 말라 죽어 있다

난 오늘도 열심히 걸어왔을 뿐인데
길 위에서 또 몇 마리의
개미를 밟아 죽였을까
생각해보는데
그런 건 생각해봐도 소용없는 일

사랑했던 사람은 아프다고 했다
그 아픔을 왜 몰라주느냐며 울었다
내가 더 아파 보였는데

내가 먼저 비틀거리며 다가가
그 사람 앞에 풀썩 주저앉았더라면

정기검진 결과가 나왔다
위와 간과 피와 심장과
영혼이 정상 수치를 벗어났다고
나는 앙상한 갈비뼈를 보이며 뜨거운 보도 위에
쓰러지지 않았다

이윽고 내가 한쪽 다릴 잃은 개에게
눈물을 글썽이며 다가가자
개는 허연 침을 뚝뚝 흘리며 으르렁거린다
실은 말이야

내가 많이 아픈 거였어
나는 미친 개 앞에서
꼼짝도 하지 않고 눈도 마주치지 않고
쓰러지지 않으려 안간힘을 쓴다
이토록 사랑하고 싶은데

왜 우린 결국
서로를 두려워하게 되는 걸까

지금 발밑엔 몇 마리의 개미가 죽어 있을까
실은 말이야
난 너희보다 백만 배는 더
작고 불행한 사람이라고 말해주고 싶은데

하늘 위엔
두 팔과 두 다릴 잃은
늙은 해가 공중의 길바닥에 몸을 밀며
느릿느릿 기어간다

여름 강변에서

그해 여름
난 다리 난간에 기대어
벌써 몇 번째 강물 위로 떠올랐다 가라앉았다 하는
나를 바라보고 있었다

나의 비명을 한참 들은 후에야
난 나를 데리고
이 강변으로 여행 온 것임을
이곳엔 나 이외엔 아무도 없음을

강물 속에서 허우적거리는 나를 구할 수 있는 건
나 자신뿐임을
알게 되었다

하지만
난 그저 난간을 붙잡고 멍하니 서 있을 뿐

돌아오는 버스 안에서
강물 속으로 나를 밀어 넣은 손을

오랫동안 들여다보았다
손이 손금의 그물에서

영영 빠져나가지 못하는 것처럼
이 여행은 이미 오래전부터
누군가에 의해 치밀하게 계획되었단 걸
알게 될 때까지

여름이 지나자
가로수 잎들은 지명수배 전단지처럼 낡아갔고
내 모가지에 매달려 있던
마지막 잎사귀는
세찬 바람에 잠시 흔들렸을 뿐

검게 화장이 번진 얼굴로
거리를 비틀거리는 젖은 신문지들
전선줄에 묶여
조금씩 기울어지고 있음이 틀림없는
전봇대들

난 전봇대를 붙잡고 구역질을 했다
어디선가
물에 흠뻑 젖은 사내가 나타나
등을 두드려주었는데

내 안에선 미끌미끌한 것들이
끝도 없이 쏟아졌는데

그해 여름 그 강물 속에
우리가 버려두고 온 건 무엇이었을까
자갈처럼 그가
울먹이기 시작했다

"흔적"

13월

강봉덕

죽은 사람을 위해 13월은 태어난다
아직 완성되지 못한 죽음을 완벽하게 포장하는 곳

혹시, 당신의 희망은 아직 식물입니까
어떤 희망은 색이 바랜 벽에 매달려 있다고 하네요
벽은 뚫고 지나갈 곳이 아니라
등을 세워둘 버팀목이거든

난, 가끔 꼬리뼈를 당겨 입으로 삼키며
나를 만든 신에 대한 불능을 생각합니다
사라진 뼈가 신의 집게손가락이 되었다는 말 난 믿어
최초의 사람은 신을 향해 손가락을 내밀었다지

오늘 재개발구역의 붉은 흙더미에서 큰 손을 보았습니
다. 신의 손가락보다 더 큰 손으로 우리의 낡은 상처를 덮
고 있었습니다. 큰 손은 우리를 좀 더 높은 곳으로, 좀 더
먼 곳으로, 좀 더 오래된 곳으로 밀어냈습니다. 옥탑은 별
을 가까이 볼 수 있어 좋아. 그래도 별은 희망보다 가까이

있어. 때론 보이는 것만으로도 오래 기다릴 수 있어.

손가락 닮은 벽 뒤엔 열세 번째 달이 자란다고 들었어
아직 키가 덜 자란 나는
사라지는 꼬리보다 더 빨리 자라는 꼬리를 찾고 있어

"고립"

볼셰비키의 첫사랑

김성백

밤의 속옷을 걷어내면
물의 도미노

빌렌도르프의 비너스 * 에게
입을 맞추고는

달빛은 아침에 무해하다 말한다

삭망고조의 하혈과 탯줄 같은 목소리를
몽중통夢中痛이라 부른다

친부를 들켜버린 오래된 기척
붕괴하는 이웃 여인의 살색 취향을
열세 번째 외출이라 부른다

천둥벌거숭이로 태어난 기형종 같은
나의 문장을
놓치고 지나가는 너의 절기節氣를

영구동토층이라 부른다

물의 반성이 불덩이를 낳는다
쏟아지는 속내들

• Venus of Willendorf. 오스트리아 빌렌도르프에서 발견된 구석기의 여인상.

"청국장"

13월의 능소화

문현숙

달, 뜨지 않는 대낮
그대 집, 붉은 벽돌 담장에

목젖 열어젖힌 뱀 아가리
악, 악, 들리지 않는

허공에 허공에
붉은 울음이 매달려 있다

"윤슬"

13월

박진형

모래바람이 부는 13월의 거리에는 숨소리가 들리지 않는다
모두 무섭다고 하는데 나는 무서운 게 없다

초침 소리가 사라질 때까지 도로를 질주하던 13인의 아이는 지워진다

꽃그늘 아래 발걸음을 멈추고 떨어지는 꽃잎이 어깨에 내려앉을 때 나를 울게 만든 사람과 웃게 만든 사람 모두 유리창에 갇혀 윤곽이 희미해진다

전광판에 멈춘 시계는 몸살을 앓는데 점멸하는 모든 기억은 스스로를 잊는다

지친 몸을 잠시 뉘었던 시계는 간데없고 달력은 종이를 배반하는데 내내 아프던 막다른 골목의 소음은 모두 증발해버린다

13월은 무한 복제되던 햇빛이 모든 것을 삼켜 소멸로 이끄는 달
슬픔도 기쁨도 한낱 에피소드에 불과하다며 눈먼 아이들이 말없이 서로의 얼굴을 만지며 형상을 추적한다

실패를 예감한 바람 한 점이 불어와 하고픈 말 많은 적막을 맞추어간다

보도블록 사이 피어난 풀꽃의 속삭임에 귀를 기울이면 기다란 얼굴의 아이가 남기고 간 숨결을 들을 수 있을까

13월은 모든 것을 내려놓고 운명의 수레바퀴를 돌리는 달
자전하고 공전하는 지구가 내는 소리는 오직 민감한 감각을 지닌 아이들의 몫일까

현기증으로 서 있기 어려운 가로수들이 서툴게 휘청인다
중력이 약해져 하늘로 떠 있는 물방울이 허공을 잠식한다

13월은 손에 쥔 모든 것이 조각나는 달
내가 없는 듯 깨끗이 지워진 세상에서 돌이킬 수 없는
시간이 공간을 구부린다

한물간 시계탑이 종말이 가까워졌다는 것을 알릴 때 달
력은 13이라는 숫자를 지워간다

달력을 넘길 때 서로를 무서워하는 아이들과 무서워하
지 않는 아이들이 함께 도로를 질주한다

13월은 붉게 물들어 일식과 월식이 번갈아 가며 빛과
어둠이 공존하는 달
지도에 없는 나의 사막은 어디로 사라졌을까

아무것도 할 수 없이 갇힌 내 몸이 달력의 권태를 새기
는 13월의 위태로운 고요가 세상에 없던 14월의 탄생을
알린다

"이야기"

13월

배세복

그는 한사코 아랫목을 내줬고
조합 직원은 양말이 새하얬다
접시에는 과줄이 담겼다
군침이 괴롭혔지만
어쩔 도리가 있는 건 아니었다
밥상 위에는 주판이 놓였고
주판알이 몇 차례 튕겨졌다
모두 검게 그을린 장판 위에서였다
곤란한 표정들이었지만
그가 그중 더 그러하였다
오가는 말도 별로 없었다
툇마루에서 흰 양말이 한 번 더 빛난 후
직원은 대문 밖으로 사라졌다
그는 장기판을 들고 마을회관으로 가고
그녀는 거뭇한 걸레로 방바닥을 훔쳤다
과줄이 그대로 있었는데
어쩐지 손이 가지 않았다
이자를 따지는 세밑은 금방 돌아왔으나

새해는 쉽게 오지 않았다

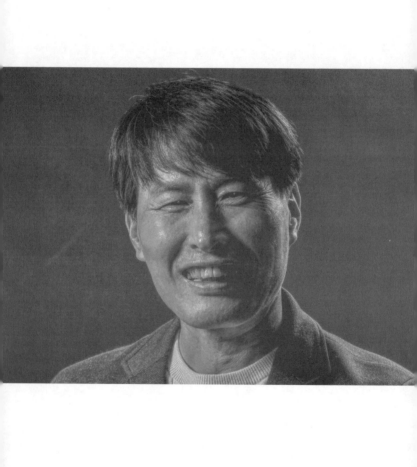

"슬픔"

13월

손석호

절룩이는 비 꼬리를 잡고
도착한 내가 도착하지 않은 나를 기다리고

저녁 방향으로 와서 새벽 방향으로 날아가는 나비

가고 싶은 곳까지 오솔길이 이미 나있고
안개가 길섶 도랑으로 걸어 나와 발등을 씻고
바람 손가락이 꾹 다문 입술을 매만지고
떠올리면 금세 그림으로 그려져 걸리고
걸음이 하얀 문자로 버려지는

수억 년 전에 출발한 빛이 도착하려면 멀었고
그림자가 생기지 않고
물은 높은 곳으로 흘러나가고
무엇이든 거꾸로 돌아가고
내뱉은 말들을 주워 담을 수 있는
한 번도 살아보지 못한 중독

종일 미지근하고

미래가 없고

입고 온 슬픔을 빨아 저무는 새벽에 널어놓는

신은 없고 신자는 있는

열세 번째 달이 뜨면 당신을 끄고

발가벗은 허공의 눈을 감겨주고

깨어나지 않는

손등으로 비볐는데 푸른 눈물이 묻어나고

당신은 비 오는 빨랫줄의 수건 같고

만지면 파도치는 영혼

동굴의 벽화 속 이미 하얀 뼈로 새겨진 내가 나를 지켜
보고 있는

"측온점"

방백

송용탁

두 손이 만났다
그녀는 상냥한 악수 같다고 했다

그는 13월에 만나자고 했고
새삼스레 물컹한 가슴을 만져보았다

기다리는 것들은 늘 굳어 있다
온종일 울컥한 첨탑을 바라보았다

기도는 간절할수록 아름답지 못하다
그는 더 이상 질문을 받지 않았다

대답이 먼저 나오는 대화도 있다
그녀는 딱딱해진 가슴을 풀었다

몸의 깊은 곳에서 번지는 말들
두 손을 풀자 완성되는 말이 있었다

그녀의 치수만큼 잠들고 싶었다
기도가 치사량을 넘기면

조금만 더 살아보자고
입김도 몸을 가졌다

12월은 경이롭다
이단처럼 끝나지 않았다

"詩人의 是認"

13월의 미장센 — 미스킴라일락

이령

    우리 동네 울음의 매파는 미스킴라일락이라네 부릉부릉 스물하나 아니면 서른셋도 아닌데 길은 나래치고 이정표는 범람했네 담장은 무너지고 밀어는 자주 울타리를 도발했네 식은 커피처럼 근근이 속삭이거나 번진 마스카라가 되거나 밤이 낮이 되어 여자는 티켓만큼 나풀나풀 커피를 탔네 살기 위해 사랑으로 위장하며 커피 프리마 무늬 같은 블라우스 앞섶을 풀고 또 풀었네 쌀 수매철이라 젖무덤만 한 최 영감의 지갑을 서리한 미스킴이 도주한 날 복덕방 허 영감도 금은방 박 영감도 덧대어 울었네 농협 너머 수정다방은 남겨진 둥지만큼 스산하고 울음의 기우는 높쌘구름처럼 두터워서 스물하나도 서른셋도 아닌 동네 영감님들 미스킴 미스킴 꺼억꺼억 부르며 이생을 등졌네 대부분 떠나간 것들은 돌아올 거라는 약속을 남겼는데 믿지 못해 믿는 거라고 미스킴라일락 향보다 치명적인 치명治命만 남았네 깃털처럼 묵직한 사랑으로는 그 누구도 철새의 행방을 가늠하지 못했네

"외톨이"

13월

정윤서

뒤뜰이다
북향이다
피지 않은 백합 군락지다

give me cigarettes give me gum
오늘은 내가 씹을 테니 내일은 니가 씹어
옛집 흙벽 낡은 벽지에 붙였던 껌
give me chocolate give me milk
함께 있을 때는 아무것도 두렵지 않았어
눈앞에 펼쳐진
뭉툭한 호랑이 앞발을 마주한 개떼승*처럼

리웅평 전투기
선생님 전쟁났대요
너나 어서 피해
유치원 여선생은 태연히 오르간을 쳤다
집 마당에 불시착한 헬리콥터
천지가 진동했다

문풍지에 구멍이 뚫렸다
스무 살 군인이 가져간 김치 한 포기
스무 살 군인이 가져온 우유 한 상자
냇가 모래톱과 논둑의 종횡무진 탱크들
뒤꼍을 행군하던 군화들
자주포 조종수의 연약했던 머리칼

오늘은 내가 王 내일은 니가 王
아부하는 사람들, 내일은 바뀔 거야
세상을 관장하는 힘은 손바닥에 있지
Team spirit
CCTV는 무제한 작동 중

사방공사 일당을 마친 엄마의 단팥빵
윤달보다 더 둥글게 달을 회전시키는 것
이건 말이지
음력과 양력 사이 숨은 그림 찾기야
팡파르를 울린 법복들

분칠과 설화의 이중주
세상이 없는 CCTV 2023

아래 빈칸에 알맞은 말은 무엇일까요?
2023(   )1983

뒤꼍 문지방을 오른 밀미기**
밤이고 두렵기도 했다
천공의 흑칠과 군화 소리에도
무극無極처럼 백합꽃은 피었다

* 작자가 만든 조어, 개떼와 승냥이.
** 화사(花蛇), 꽃뱀의 일종.

"나무"

Undecimber*

채종국

이팝꽃 환하게 피는 날 따뜻한 눈이 왔으면
사막여우의 손을 잡고 매달린 별들을 함께 따왔으면
불시착한 장미의 상처 난 날개를 다시 펼쳐 주었으면
별빛으로 써 내려간 이야기가 당신의 노래였으면
당신의 하얀 달 속으로 들어갔으면

달빛 음계와 모래바람이
당신의 속삭임에 귀를 기울였으면

달빛 손길을 따라
당신의 별자리를 찾아 나섰으면

바위와 모래의 노래가
구름과 안개의 영혼이
동산 같은 당신의 가슴을 휘돌아 나갔으면

점성술을 버린
떠돌이별과 함께

당신의 그림자를 떠돌았으면

당신의 심장에
푸른 노을을 심고 왔으면

꼬깃꼬깃 숨겨진
마지막 달력 한 장을 당신 품에서 꺼내 왔으면

13월,
세상에 없는 푸른 당신
그 푸른 불꽃 아래

• 라틴어, 13월

"벽돌 빼기"

초승달 목걸이

최규리

비 오는 숲으로 가요
아름답지 못한 것이 아니라
아름다움이 뭔지 몰랐으므로
당신의 나무를 양팔로 안을 때
숲이 완성되겠죠
진주는 조개 속에서 무덤을 키우면서
둥글고 거대한 두 봉우리에 파묻힌
나무에게
이젠 쏟아지는 폭풍을 겁내지 말라고
손가락 끝에 있는 무성한 정원으로
죽은 새를 간직해 온 부리
뱀의 혀가 우리들의 목을 감싸며
이 전쟁의 끝은 끝나지 않을 것이라고
밤을 달리는 말발굽과 신음하는 장미
나무가 달이 될 때
나무에서는 물이 마르죠
더 이상 단단하지 않을 때
풍성해진 머리카락이 허벅지를 감고

다시 태어날 수도 있겠어요
입 안에 고이는 바다를 삼켜요
전쟁은 이미 태양이 시작했잖아요
엉켜있는 빛에서
다른 생이 기다리고 있어요
가늘고 긴 생이 바뀌는 순간
남과 여가 바뀌는 순간

"안간힘"

13월의 눈

최재훈

눈을 맞으며 걷는다
지난해에도 눈을 맞으며 걸었는데
그때와는 조금 다른
무게와 속도와 기울기로

아무리 맞아도
어디 하나 아프지 않은 눈이라서
올해도
올해는 영영 끝나지 않고
십이월에 한 해를 깨닫고
한 해를 아름답게 마무리한 사람은
지금쯤 어디에서

눈을 맞으며 걷고 있을까
아프지 않은 눈이
뼛속으로 스며드는 시간
열두 개의 종소리를 머리에 이고
그때와는 조금 다른

어리석음으로
조금 더 깊어진 고갤

발끝에 하나씩 하나씩 떨구며
열세 번째 종소리의
길고 긴 발자국을 따라 걸어가는

눈은
겨울의 액자 밖으로
한 발짝도 내딛지 못한 채
허공의 벽을 긁어대고
벽 속으로 걸어 들어가던 사람이
문득 뒤돌아보며
손짓을…

까만 새들이 후드득 날아오르자
전선줄 위는
빈칸으로 가득 채워지고

그 아래
열세 번째 내가

이곳의 유일한 출구인 듯
입을 크게 벌리고 있다

수많은 눈송이들이
온힘을 다해 달려오기 시작한다
아무리 삼켜도 아프지 않은 혀처럼

말하는 순간 사라져버리는
누군가의 희고 깨끗한 입김처럼

엉덩이를 흔들어 봐

문현숙

진입 금지 구역에선 초록 불이 켜져도 갈 수가 없다, 차는.

먼 길을 돌아 에둘러 간다. 이팝꽃 고봉으로 흐드러진 무태교를 지나 딸네 집으로 가는 길이다.

일주일에 한 번 가는 수업을 건너뛰기 위해 전화를 걸었다, 선생님께.
"새벽 댓바람부터 엄마가 전화를 걸어왔어요. 꽃구경 가고 싶다고…. 공부야 평생 하는 것이고 언제든 다시 하면 되지만 엄만 달라요. 꽃 시절도 한 소절이듯 지금이 아니면 이팝꽃, 다신 볼 수 없을지도 몰라요."

얼마 남지 않은 엄마의 생은 다음 생을 향해 비상등을 켜든 채 질주하고 있다. 보고 싶을 땐 무조건 보여드리는 걸로 미루지 않기로 했다. 보고 싶어도 못 볼 날이 곧 올 테니. 꽃은 피고 지고 다시 또 지고 피지만 엄마꽃은 한 번 지고 말면 그만인 일방통행이다.

뽕짝을 틀었다. 최대한 신나는 곡을 골라 볼륨을 한껏 높였다. 엉덩이가 흥에 겨워 절로절로 들썩거린다. 엄마는 창밖 풍경에 지난 기억을 묻고 있는 듯 말이 없다. 먼저 보낸 아버지를 떠올리고 있는 건 아닌지 나와 눈을 맞추지 않는다.

"엄마, 풍경 그만 보고 나처럼 엉덩이를 흔들어 봐, 으으응."

내내 침묵하던 엄마가 입을 열어 말길을 튼다.

"어려서부터 넌 그랬지. 길을 가다가 어떤 음악이라도 흘러나올라치면 실룩샐룩 엉덩이를 흔들곤 했지. 리듬에 맞춰 멈춰 선 채 손뼉까지 치면서… 다섯 남매를 키웠지만 너만이 유독 그랬지."

흥이 많았던 맏딸이었다는 것이다. 그랬던 내가 그 많았던 흥은 다 어디에다 감춰두고 엄마의 가장 아픈 손가락이 되었을까? 그런 생각이 드는 순간 헛헛함을 감추기 위해, 속울음이 들키기라도 할까 봐 더 큰 소리로 노래를 따라 불렀다.

"아이야 뛰지 마라 배 꺼질라. 가슴 시린 보릿고갯길. 주린 배 잡고 물 한 바가지 배 채우시던 그 세월을 어찌 사셨소. 초근목피에 그 시절 바람결에 지워져 갈 때, 어머님

설움 잊고 살았던 한 많은 보릿고개여…"

　진성의 〈보릿고개〉를 무태교 아래로 흘려보내며 흐르
는 강물처럼 뒤돌아보지 않고 흘렀다.

　딸내미 집 앞, 주차하고 시동을 끄려던 순간, 조수석에
앉아있던 엄마가 바통을 주고받듯 운전석에 앉은 내게로
바짝 다가와 앉으며 내 귀에 대고 속삭인다.

　"엄마가 다 안다."

　지금 난, 현대판 보릿고개를 넘어가는 중이다.

경험의 미적 창출
— 시인의 인식체계가 구성한 새로운 대상으로의 탐색

이령

[들어가는 글]

경험經驗의 사전적 의미는 '실지로 보고 듣거나 몸소 겪음'이다. 유미주의적 관점에서 경험은 곧 실재reality이다. 존재하는 모든 것들은 경험의 총체로써 모든 현상과 세계를 느끼며 서로 유기적 관계 속에서 진화하는 일종의 역동적인 통일체일지도 모른다. 즉 모든 유기체는 살아있기 때문에 끊임없이 변하는 과정process을 함께 겪고 그 진화의 과정에서 창조적 미를 창출하고 있을 것이다. 이러한 관점에서 경험은 실재이면서 동시에 삶의 필수적 가치이며 창조적 '미'가 된다. 미적 경험이 세계를 구축하는 하나의 중요한 기반이라고 전제할 때 개별적으로 경험하게 되는 사건에 있어서 보편적인 범주적 제약들categoreal obligations이 존재하게 되며 이는 미적 경험들이 경험 일반과 질적으로 구분되는 것이 아니라는 사실이다.

미적 경험이 인간 고유의 경험양식인 동시에 우주 전체의 어떤 보편적 속성에 뿌리를 두고 있는 것이라는 생각이 든다. 지난 계절 여러 지면에 발표된 몇몇 시인들의 시를 감상하며 그들이 어떠한 경험을 하고 극복 의지를 통해 그 경험을 어떠한 미적 가치로 승화시켰는지 살펴본다.

가격이 폭락해 팔지 못한 과일을 싣고
공판장에서 나오던 농부
교통딱지 떼고 있었다
안전벨트 미착용이 삼만 원이라는데
자두 한 박스가 삼천 원이라며
자두 열 박스로 맞바꾸자 실랑이했다

때마침 범칙금 통고서 작성판에 앉는
파리 한 마리…

파리 쫓는 흉내 내는 교통경찰
연신 손 흔들고

저만치 멀어지는
1톤 화물차
— 손석호, 「거룩한 파리」(『작가와 사회』, 2021년 겨울호)
전문

영화의 한 장면 같은 여운이 짙은 묘사다. 자두 열 박스로 교통범칙금을 상계하고자 실랑이를 벌이고 있는 전경을 보여주고 과일장수의 소시민적 모습을 관망하는 시인의 연민은 후경에 배치하며 감동을 더하고 있다.

교통범칙금을 지불하려면 한 박스에 삼천 원짜리 자두 열 박스가 필요한 상황, 때마침 파리가 범칙금 통고장에 내려앉은 모습에서 서글픈 소시민의 팍팍한 삶을 굳이 직접 설명하지 않고도 전경 묘사만으로 깊은 감동을 이끌어 낸, 짧지만 할 말은 다하는 찰지고 마디진 작품이다.

'파리' 그냥 파리도 아닌 '거룩한 파리'로 제시된 이 시의 제목에서 시인은 자신의 연민을 슬쩍 가미하고 있다.

"가격이 폭락해 팔지 못한 과일을 싣고/ 공판장에서 나오던 농부/ 교통딱지 떼고 있었다/ (…중략…) / 저만치 멀어지는/ 1톤 화물차"

멀어지는 화물차를 보여주며 시인의 연민이 잔잔한 여운으로 남는다. 자연적 의식이 놓친 논리적 필연성을 관망하는 매개체로서 '거룩한 파리'는 시인의 논리적 메타포일 가능성이 크다. 대상을 파악하는 규범은 의식 속에 내재되어있기 때문에. 파리를 쫓는 척 암묵적 선의를 베푼 교통 경찰관의 손사래에 저만치 멀어지는 화물차와 그 온정을 바라보는 시인의 심상에 이 시를 읽는 독자의 입가에도 덩달아 슬며시 미소가 번지고 가장 하찮은 대상이 가장 "거룩한" 대상으로 변하는 순간, 시인의 따스한 속내가 얼비친다.

수타면 뽑아내는 소리와 함께 지낸
내 유년, 아버지 손끝에선 언제나
가얏고 가락 같은 면발이 흘러나왔네
잘 숙성된 반죽 한 덩이, 바닥으로 내려칠 때마다
구름송이 포를 뜨듯
네 가닥, 여덟 가닥, 열두 가닥으로
다발 다발의 트로트 악보가 펼쳐졌었네
사각의 베니어 틀 속, 벗어나지 못한
오랜 꿈이 실린 가락들이
간수가 더해질수록 쫄깃해지고
밀가루 먼지 자욱한 좁디좁은 주방
원하던 세상으로, 탈출을 위한 일탈의 한 귀퉁이
분가루를 덮어쓴 낡은 라디오가
목청껏 울고 넘는 박달재를 불러 제꼈네

단발머리 찰랑대며 동백꽃빛 환한 친구 얼굴들,

눈발처럼 쳐들어오는 날

수돗가, 양파 까는 어머니 눈치 살피며

짜장면 보통 한 그릇 주문 넣어도

곱빼기에 곱빼기를 내어주시던 그 가락

문득, 사무쳐오는데

퉁길수록 하늘의 뭇별, 환해지던

전단지 뒤적여 둥기둥둥 두둥둥

중국집 전화번호 퉁기면

하늘 가득 울리는 울 아버지 면발 장단

질겅질겅 씹히는 내 유년의 노란 단무지들

— 문현숙, 「울 아부지 면발 장단」(『서정시학』, 2022년 봄
호) 전문

시인은 배달된 노란 단무지를 씹으며 유년의 아버지에
대한 기억을 회상한다. 아마도 어린 시절 시인의 아버지
는 중화요리사이셨나 보다. "분가루를 덮어쓴 낡은 라디
오"에서 흘러나오던 트로트 가락과 "밀가루 먼지 자욱한
좁디좁은 주방"에서 "베니어 틀 속" 면발을 힘든 기색 없
이 가지런히 뽑아내시며 바쁜 일정에 친구들이 들이닥치
자 "수돗가, 양파 까는 어머니 눈치 살피며/ 짜장면 보통
한 그릇 주문 넣어도/ 곱빼기에 곱빼기를 내어주시던" 어

린 날 후덕하시던 아버지의 모습이 노란 단무지를 썹으며 주마등처럼 떠올랐으리. 노란 단무지는 그런 아버지를 사무치게 그리워하는 시인의 마음을 대변하는 객관적 상관물이다.

달콤하고 아삭한 식감의 단무지가 불러낸 아버지에 대한 추억은 사랑이고 그리움이다. 아도르노식의 〈계몽의 변증법〉에서 죽음을 지워버림으로써 삶이 지워지고 더러움을 지워버림으로써 깨끗함이 지워지고 그늘을 지워버림으로써 햇볕이 지워지는 주체와 대상의 모든 삭제가 완성되는 단계가 현대라는 문명사회에 대한 묵시록적 스케치라고 전제할 때, 단무지 하나로 집약된 아버지를 그리는(이제는 사라지고 없지만 영원히 지울 수 없는 것에 대한) 마음은 시공간을 상회하는 의미를 형성하며 인간 이성의 한계로는 도저히 규정할 수 없는 영원불변의 진리가 아닐까 싶다.

아삭하고 달달한 사랑의 맛이 깊은 단무지 같은, 읽을수록 맛난 시다.

물살을 가르며 배가 나아가고 있었다
빨리 달리는 배일수록 포말이 길었다
그 위로 숱한 갈매기 떼가
배의 방향을 가로질러 날았다

나도 바다로 뛰어들고 싶었다

새는 될 수 없었으므로 배를 몰고 싶었다

그러니까 그게 난생 처음 본 바다였다

오늘 드디어 배가 도착했다

이제야 배를 한 척 갖게 된 셈이다

뱃사람인 척 출항을 준비하려 했으나

배는 너무 빨리 지나가 버렸다

뚜우 뱃고동만 잠깐 왔다 사라져갔다

대신 포말이 한없이 길었다

밤새 갈매기들이 귓속을 들락날락,

부두가 되었다

— 배세복, 「이명, 첫」(『우리詩』, 2022년 5월호) 전문

이 시에서 제시된 대상인 배, 새=이상과 꿈의 갈망, 포말과 갈매기=방해물 혹은 좌절, 부두=생에 대한 첫, 마음가짐과 자세로 읽힌다.

이상, 이념, 이치를 자기 나름대로 찾아 자기 안에 중심을 세워 나가는 일이 삶의 과정이다. 자신의 삶과 행동, 생활방식의 정해진 규칙 속에서 만들어진 자신만의 이상은 결국 앞으로 나아가야 할 자신의 삶의 목적과 목표 그리고 최종적인 이상을 실현하는 과정일 것이다.

망망대해 같은 생의 현장에선 누구나 현실과 이상의 타

협이 녹록지 않다. 의도하지 않던 좌절의 벽이 곳곳에 도사리고 있고 경쟁 사회에서 살아가야 하는 인간사 방해 또한 부지기수다.

"나도 바다로 뛰어들고 싶었다/ 새는 될 수 없었으므로 배를 몰고 싶었다/ (…중략…)/ 뱃사람인 척 출항을 준비하려 했으나/ 배는 너무 빨리 지나가 버렸다/ 뚜우 뱃고동만 잠깐 왔다 사라져갔다"

그러나 니체 식으로 정의하자면 "이상을 갖지 못한 사람, 이상이 없는 사람, 이상을 모르는 사람, 바로 이런 부류의 사람은 결국 지리멸렬支離滅裂한 삶을 살 수밖에 없다"라던가?

모든 격랑을 겪고도 묵묵히 자신의 길을 관망하는 "부두=생에 대한 첫, 마음가짐과 자세"를 견지하면서 나아가야 할 것이다.

벚나무가
가슴 켜둔 전구를 하나하나
깨뜨리고 있었지

우린 그 아래 그림자를 눕히고

그것이 무덤이 되기만을 기다리는
두 개의 비석처럼 서 있었고

지나가는 사람들은 손을 꼭 붙잡고
얼굴에 금이 갈 듯 웃었어

아이들은 온 힘을 다해
벚꽃 길 저 끝에서 뛰어와서
주저앉아 울다가

울음을 그친 후엔
다시 저 끝까지를 뛰어갔고

이상하지,
미술 시간이 끝나면 언제나
희고 아름다운 물감만 사라지는 게

가지 끝에 널어둔 젖은 햇빛들
남김없이 거둬가는 저녁
지금은

아이들이 무수히 떨어뜨리고 간 발자국들이
희미하게 켜지는 거리

네 꼭 쥔 손을 놓으면
얼마나 많은 손들이 우수수 떨어질까

공중에 떠 있는 저 검은 바위는
너무 오래 멈춰 있어

얼마나 가벼워야 힘없이
가라앉을까
— 최재훈, 「4월」(『시산맥』, 2021년 가을호) 전문

화무십일홍花無十日紅 —열흘 붉은 꽃이 없다던가? 위용을 더하던 벚꽃의 개화가 어느덧 난분분 꽃비 나리는 계절이다. 바람에 휩쓸려 가는 꽃 이파리들을 바라보자니 오롯한 슬픔이 일렁인다.

4월은 가장 잔인한 달이다. 굳이 죽은 땅에서 라일락을 키워내기에 4월은 가장 잔인한 달이라고 노래했던 T.S 엘리엇의 「황무지」가 아닐지라도 꽃 같은 304명의 아이들을 데려간 세월호 사건이 발생했던 것도 8년 전 4월이었다.

"아이들이 무수히 떨어뜨리고 간 발자국들이/ 희미하

게 켜지는 거리// 네 꼭 쥔 손을 놓으면/ 얼마나 많은 손들이 우수수 떨어질까"

지나친 비약일지는 모르겠으나 이 시를 읽으면서 세월호 사건을 떠올렸다. 만개한 벚꽃 아래에서 왜 시인은 행인들의 웃음을 "금이 갈 듯"이라고 표현했을까, 떨어지는 꽃잎을 "아이들이 무수히 떨어뜨리고 간 발자국들"이라고 했을까?

벚꽃 아래서 시인은 돌이킬 수 없는 죄 사함, 슬픔의 향연을 집도 중이다. 이 땅의 어른으로서 아무것도 도와줄 수 없던 그날의 비애와 꽃 피지 못하고 희생된 어린 영혼들에게 속죄의 눈물 같은 레퀴엠을 연주하는 듯하다.

"우린 그 아래 그림자를 눕히고/ 그것이 무덤이 되기만을 기다리는/ 두 개의 비석처럼 서 있었고/ (…중략…)/ 아이들은 온 힘을 다해/ 벚꽃 길 저 끝에서 뛰어와서/ 주저앉아 울다가// 울음을 그친 후엔/ 다시 저 끝까지를 뛰어갔고"

그림자를 눕히고 그것이 무덤이 되기만을 기다리는 비석처럼 서 있었던 무능한 인간군의 일원이었던 상황과 구해줄 것을 믿고 끝까지 기다렸을 어린 영혼들에게 무엇으로 용서를 구할 수 있을까?

"공중에 떠 있는 저 검은 바위" 같은 죄스러움을 시인은 "얼마나 가벼워야 힘없이 가라앉을까"라는 반어적 결구로써 맺음했다.

너무나 무거워서 절대로 가라앉을 수 없는 검은 바위 — 우리는 잊지 말아야 할 것이다.

[마무리]

논리적 규정을 의식으로 규정하는 변증법적 운동이 경험인데, 이는 대상을 통해 인식 혹은 경험의 실재성을 확립하게 된다. 의식의 여정을 통해 순수 지에 이르러 존재와 사유의 동일성은 확립되어 간다.

"거룩한 파리"(손석호, 「거룩한 파리」)

"하늘 가득 울리는 울 아버지 면발 장단/ 질겅질겅 씹히는 내 유년의 노란 단무지들"(문현숙, 「울 아부지 면발 장단」)

"뱃사람인 척 출항을 준비하려 했으나/ 배는 너무 빨리 지나가 버렸다"(배세복, 「이명, 첫」)

"우린 그 아래 그림자를 눕히고/ 그것이 무덤이 되기만을 기다리는/ 두 개의 비석처럼 서 있었고"(최재훈, 「4월」)

"시는 절규, 눈물, 애무, 키스, 탄식 등을 암암리에 표명하고자 하는 것, 또 물체가 그 외견상의 생명이나 가상된 의지로써 표명하고자 하는 그런 것, 또는 그런 것을 절조 있는 언어로 표현하거나 재현하고자 하는 시도이다."라는 폴 발레리의 말처럼 시의 감화적 정동적인 기능을 상회하는 시인들의 미적 경험이 인간 고유의 경험양식인 동시에 우주 전체의 어떤 보편적 속성에 뿌리를 두고 있는 것이라는 생각이 든다.

이상 네 편의 시를 통해 화자의 정서를 대변하는 대상의 의미와 화자가 어떤 정서를 느끼게 되는 계기를 제공하는 개별적 사건들이 객관성을 담보하며 신선한 감동을 이끌어 낼 수 있는지 깊이 들여다보았다.

현상에 대한 포착捕捉과 총괄總括의 균형
― 숭고한 문학적 미감

이령

[들어가는 글]

작가의 도덕적, 정서적, 문학적 깊이와 규칙만으로는 생성되기 힘든 찰나적 번득임과 표현에서 우러나는 기지와 사유가 숭고의 미를 형성한다. 우리가 자연이나 예술작품을 통해 맛보는 감흥은 단순한 아름다움의 영역을 상회하는 마음의 흔들림이나 동요를 기저로 해서 주체가 수용 불가한 감각의 자료들로 인해 마음이 심하게 요동칠 때 획득되는 미감과 그것을 오롯이 극복한 이후 맛보는 감흥이 바로 숭고가 아닐까 싶다.

시인이자 시의 오래된 독자로서 필자는 시야말로 이왕 주어진 생, 견딤의 보루인 숭고함을 발견해내는 가장 마뜩한 예술이라는 생각을 한다. 지난 계절 여러 지면에 발표된 시인들의 시를 감상하며 그들이 일구어낸 문학적 숭고의 미감을 함께 공유하고자 한다.

미에 대한 판단은 대상에 대한 냉정한 관조 속에서 이루어지는 것임에 비해 숭고는 주체가 모두 수용할 수 없을 정도로 밀려드는 감각의 자료들로 인해 마음이 심하게 요동칠 때 획득되는 것이다. 작고 부드럽고 조화로운 대상 속에서 획득되는 것이 미美라면 숭고는 거대하고 위력적이고 부조화인 대상들이 가져다주는 감흥이기에 숭고는 얼핏 생각하면 미와는 대조적인 감흥일 수 있으나 이성으로 그 불쾌의 상황을 직시하고 극복해서 쾌의 상황으로 환원시키는 어찌 보면 더 고차원적인 미美라 할 수 있겠다.

도착한 곳은 오지였다
잊혀진 사람은 모두 오지였다

저녁 포구의 풍경이 구겨져 있었다

밤이 되면 밀물이 하늘까지 차올랐다
한발의 물 위로 새로운 썰물이 시작되었다

비린 것이 그립던 저녁상이 아직 그대로였다
가시를 다 발라낼 때까지 신체를 회수하지 않았다

먼 바다는 야생이어서 멀리서 몰려든 소리가 무서웠다
내 발 끝에 닿으면 바다의 무늬가 초원처럼 무너졌다

맛없는 풀들이 자라고 변명이 무성해졌다

눈을 감고 누군가의 유적지를 걸었다
모르는 사람들의 방언이 구전되었고
마모된 연안처럼 말수가 줄었다

그래도 밥은 잘 넘어가고
눈알 잃은 생선 앞에서 흥얼거리고
꼬리 없는 물고기가 아무렇지 않았다
모진 사람처럼 끼니를 챙기고 살았다

나는 지느러미도 없이 헤엄을 쳐야 했다
바늘만 필사적으로 반짝였고 밤마다
도망간 살 냄새를 좇았다

어느 물목에서 찾아온 물음인지
그물을 던져도 바다는 묵묵부답이었다
연약한 수온은 자꾸 떨어지고
한밤중 오줌을 눠도 뜨겁지 않았다

한동안 갚지 못할 외상처럼
나는 잠시 여수에 살았다
— 송용탁, 「여수旅愁」(『모던포엠』, 2022년 2월호) 전문

"잊혀진 사람은 모두 오지였다" 시인은 잊혀진 사람이라 전제하지만 도무지 잊히지 않는 잊을 수 없는 인연을 품고 바다의 수심 앞에서 심연에 잠겼다. "밤이 되면 밀물이 하늘까지 차올랐다/ 한발의 물 위로 새로운 썰물이 시작되었다" 밤의 적막 속에서 더 깊어지는 그리움과 이별의 정한을 품고 시인은 한동안 여수旅愁에 정박되어 있다. 찰나적인 생각과 경험은 숨겨진 지식과 신념과 동거의 내면세계가 아니라 과거의 찰나적인 생각과 경험에 대한 흔적들의 총체로 드러나게 되어 있다. 표면적으로 암담한 이별의 상황을 기술하고 있으나 내면적 자아와의 조우가 깊다. "눈을 감고 누군가의 유적지를 걸"어 가는 일은 방황하는 내밀한 자아를 찾아가는 길이며 궁극에는 자기 위안이다.

"먼 바다는 야생이어서 멀리서 몰려든 소리가 무서웠다/ 내 발 끝에 닿으면 바다의 무늬가 초원처럼 무너졌다/ 맛없는 풀들이 자라고 변명이 무성해졌다"

사람은 누구나 타고난 성정에 따라 생각과 행동이 규정되고 타고난 성정을 수정 보완하는 일은 자신의 성격에 의해 구현되고 있는 예지적 의지, 즉 물자체로서의 의지를 거스르려는 것에 불과할지도 모른다. 그러나 타고난 성정을 올바르게 인식하고 한계를 인정하는 것이 어쩌면 미래의 남은 생을 풍요롭게 이끌어가는 최상의 노력이 아닐까 싶다. 야생의 망망대해를 바라보며 변명 같은 세화의 그림 속에 놓인 시인의 심상이 숭고한 미를 창출하는 여수旅愁, 공감을 일으키는 미감을 자아내며 밀물처럼 와락 당겨온다.

무엇이든 던지고 싶은 욕망이 있다

식탁에 앉아 아침식사를 던지고 사무실에서 의자를 던지고 모자를 던지고 퇴근길에 버스를 던지고 가방을 던지고 침대를 던지는 버릇이 생겼다

어디든지 걸어가면 둥둥 떠다니는 사람들
불안한 발을 잘라 주머니에 넣고

낙하와 상승의 경계에서 눈치를 살핀다

조간신문 숫자들이 흩어졌다 멈추고
모니터의 붉은 화살표가 멈추고
아파트가 허공에서 멈추고

난, 구두를 던지고 반대방향으로 걷는다

바닥에 닿기 전 다시 머리통을 던지고
바닥에 닿기 전 다시 정강이를 걷어차고
바닥에 닿기 전 다시 몽둥이를 휘두르고

바닥에 닿을 수 없는 발을 길게 내린다
내가 추락하는 속도보다 더 빨리 도망가는 바닥
발이 길어질수록 같은 극의 몸처럼 바닥이 더 밀려나고

손발을 묶고 귀를 자르고 코를 낮추고
던지기 쉽게 단단해진다
높아지지 않으면 불안한 몸은
잠을 자면서도 두 발을 번갈아 들어올린다
— 강봉덕, 「저글링」(『울산문학』, 가을호) 전문

"무엇이든 던지고 싶은 욕망"은 이상과 현실의 간극에
대한 반문이다. 현재 처한 상황에서 더 나은 이상적인 상
황으로 나아가기 위한 자성의 목소리이다. 용기의 본질이
가능성에 목숨을 거는 것이라면 신념의 본질은 그 가능성
이 존재한다고 믿는 것이라는 말처럼 이 작품은 삶의 과
정에서 옳다고 믿는 신념과 그것을 지키며 살고자 하는

시인의 의지와 가끔은 그것으로부터 벗어나고자 하는 의지 사이의 내밀한 부대낌을 표출하고 있다.

우리의 삶은 시인의 표현대로 "내가 추락하는 속도보다 더 빨리 도망가는 바닥"이기에 "높아지지 않으면 불안한 몸"으로 "잠을 자면서도 두 발을 번갈아 들어올린" 팍팍한 낭벽 같은 곳인지도 모르겠다.

"발이 길어질수록 같은 극의 몸처럼 바닥이 더 밀려나"는 현실에서 시인은 의식적 저글링을 통해 이상세계를 구현하고자 안간힘을 쓰고 있는 것이다. 삶이 가치가 있다고 믿는 그 믿음이 삶의 가치를 재창조한다. 시인이 말하고자 하는 "던지고 싶은 욕망"은 다름 아닌 세상 밖으로가 아닌 세상 속으로의 자유의지가 아닐까 싶다.

도둑이 나타났다

천년 묵은 벼루처럼 도시의 밤은 침묵을 견디는 것 말고는 다른 도리가 없다 밤은 야수의 낙원, 들키지 않으면 사랑할 수 있다 보고 싶은 것만 보이는 본능의 해빙기, 숨거나 눈을 감거나

벽은 창문을 바람난 등짝쯤으로 여겼다

야간 통행은 금지되었고 수상한 벽들은 모조리 잡혀갔다

가보로 내려온 명품창문을 빼앗긴 이쑤시개 공장장은 손목을 그었고

재벌 3세는 창문도둑의 목에 거액의 현상금을 내걸었다

창문이 하나뿐인 노동자들은 소이연으로 어부림으로 증명사진 속으로 도망쳤다

창문을 잃어버린 벽은 창문의 공백을 스스로 메우기도 했다 전갈이 빠져나간 자리를 모래가 메우고 빗방울이 갈라놓은 중력을 구름이 꿰매듯 창문이 있었던 자국마저 죽은 아버지처럼 금방 잊혀갔다

누구는 창문을 벽의 눈이라 하고 누구는 입이라 하고 누구는 귀라 하고 누구는 손이라 하고 누구는 도끼라 하고 애초부터 창문이 없었던 벽은 양다리를 걸친 이중간첩이라 하고

창문도둑을 숭배하는 사이비 종교가 들끓었다 강남엔 불법 창문 이식수술이 극성을 부렸고 인천 앞바다엔 중국산 창문의 암거래가 불야성을 이뤘다 창문도둑이 도토리 냄새를 싫어한다는 소문이 돌자 전국의 도토리가 동이 나기도 했다

창문으로 드나드는 것이 먼지와 소음만은 아니었으므로 사막은 어쩌면 더 많은 사막을 만들어 내기 위한 절판된 생각일지도 모른다

창문은 투명해야 하고 손잡이가 있어야 하고 여닫음이 있으되 벽은 드나들 수 없어야 하고 새에겐 죽음의 톨게이트라 불려도 그러하고 벽은 벽과 내통하며 훌쩍 키가 자라고 담마저 벽을 꿈꾸고

　창문은 두드리면 열린다는 말은 반은 맞고 반은 틀렸다 창문의 애매모호가 창문 스스로 벽으로부터 달아나게 만든 장본인이라는 주장도 나왔다 어떤 벽은 창문에 콘크리트를 바르고 쇠사슬로 동여매고 도난방지 장치까지 달았지만, 창문은 들썩거렸다

　도토리를 온몸에 매단 무리가 광화문광장을 가득 메웠다 책처럼 날개를 퍼덕이며 날아오르는 창문도 목격되었다 이순신 장군의 흉부에서 거대한 창문을 보았다는 증언도 속출했다

　창문은 창문을 너무 닮아서 창문답지가 않아
　텔레파시를 부디 텔레파시를
　물고기 피는 하얀색으로 하자 용왕의 개인적 일탈이라고 하자

　구호가 낭자한 창문 아래 내장 발린 물고기가 쏟아져 수북했다 창문과 창문 사이는 천국과 지옥만큼이나 멀었다 모두가 지옥이면서 천국을 바라봤다

　약을 팔고 가면을 팔고 부적을 팔고
　창문게임의 승자는 게임이라 하고

게임의 법칙을 다시 짜는 분주한 손놀림, 적응하거나 달아나거나
서너 겹의 밤이 새것처럼 반들거리며
아스팔트 아래 잠든 여럿 입술을 흔들어 깨웠다

숨이 다른 숨에게 다가가는 검은 자세도 무덤처럼 번져갔다 점
자동맹은 창문 없이 태어난 아이들을 모조리 불태웠다 토마토 앵
무조개 쥐덫과 함께 불량 고체의 생애주기를 찬양했다

도둑이 누군지 훔친 창문으로 뭘 하려는지
우리는, 아무것도 모르면서 천적을 피해 달아나는 망명정부처
럼 밑밥을 탕진했다
시키는 대로 하기만 했다

아무것도 아닌 루어lure들의 왕이 되어
— 김성백, 「창문도둑」(『용인문학』, 2022년 상반기호, 통권
38호) 전문

"창문을 잃어버린 벽"은 도처에 있다. 당신일 수도 있겠
고 나일 수도 있겠다. 시인이 말하는 창문은 잃어버린 인
간 본연의 순수성으로 읽힌다. 살아가면서 창문을 잃어가
는 벽이 되어가는 우리들의 모습이 얼비친다.

"도둑이 누군지 훔친 창문으로 뭘 하려는지/ 우리는, 아무것도 모르면서 천적을 피해 달아나는 망명정부처럼 밑밥을 탕진했다/ 시키는 대로 하기만 했다"

물질문명에 저당 잡혀 경쟁이 난무하는 일상에서 이따금씩 자신의 모습을 되돌아보며 살아가는 이유와 목적, 의미를 반추하는 것, "창문도둑"은 어디에서 기인한 것일까 돌아보게 된다.

"약을 팔고 가면을 팔고 부적을 팔고" "창문은 두드리면 열린다는 말은 반은 맞고 반은 틀렸다"

속력과 폭력이 앞다투는 생의 현장에서 자신의 존재 의미를 잃어가던 나 혹은 당신, 근본 단독자單獨者들인 우리가 슬쩍 자신의 지나온 생을 되돌아보며 멈칫거리며 한때 칼날 같은 패기를 기억하고 피 끓던 젊은 날과 그 속에서 발견한 생의 허무를 불러내어 어떻게 살아가는 것이 의미 있는 삶인가 반추하게 된다. 기존의 나와 나를 둘러싼 진부한 소통의 마디를 끊어내고 새로운 소통을 구하는 기꺼운 매듭, 시인은 일상적 존재로부터 벗어나 본래의 존재로 거듭나고자 스스로 반문하고 잃어버린 순수성에 대한 회감을 얼비치며 독자를 향해 공감을 끌어내고 있다.

"창문은 두드리면 열린다는 말은 반은 맞고 반은 틀렸다"라는 시인의 표현대로 무엇이 옳고 그른 것인지 명확하게 정의 내릴 수 없는 것이 인생이다. 선택적 출생이 주어지는 사람은 아무도 없다. 다만 사람은 누구나 "아무것도 아닌 루어lure들의 왕"일지라도 주어진 대로 살아내는 사람이 아니라 자신의 의지를 세워 의미 있게 살아가는 존재이기에 아무것도 아닌 존재가 매력적인 존재로 거듭나게 되는 것은 아닐까 싶다.

[마무리 글]

　미학에서 숭고란 위대함을 나타내는 용어로 물리적, 도덕적, 지적, 형이상학적, 미적, 정신적, 예술적인 것을 포함하는 개념으로 계산 측정 또는 모방의 가능성을 넘는 위대함이라 하겠다. 단순한 아름다움을 상회하는 숭고함은 인간이 불가항력의 상황에 놓일 때 두려움을 느끼고 다행히도 이성의 힘으로 그 불쾌의 감정을 쾌의 감정으로 환원시키는데 문제는 이성도 좌절할 때가 더러 있다는 것이다.

　인간은 불가항력적인 현상 앞에서 압도되어 상상력과 이성이 그것을 포착하지 못해서 불편함을 느끼는 동시에 그것을 바라보는 이성을 보면서 동시에 쾌감을 느끼게 된다.

어떤 현상에 대한 대상 자체는 숭고의 대상이 아니지만 그것을 직시하고 극복하면서 얻게 되는 미감이 숭고이고 삶의 다단한 과정에서 그 미감을 포착해내어 작품으로 승화하는 과정, 바로 시가 시인이 존재하는 하나의 이유가 아닌가 싶다. 좌절도 큰 틀에서는 삶을 살아가는 지혜의 한 축이고 문학인은 그러한 경험과 좌절을 통해 획득한 미감을 작품을 통해 표출함으로써 공감을 끌어내고 독자를 견인하는 역할을 담당하기 때문이다.

졸업

송용탁

"사랑하는 내 아가, 이상하게 생각하겠지만 우린 다시 시작하기 위해 멀리 떠나왔단다."
— 메리베스 휴즈, 『*Pelican Song*』 중에서

소녀는 어제만 살았고 소년은 오늘이 없었다.

S#1 2022. 4. 16. am 07:00

거울은 묶음 처리된 시계 같았어. 바다로 가득 찬 거울을 보여줄까. 물새를 보면 의미 없는 시간을 계산할 수 있을 거야. 완전한 공중이 되기 위해 몇 번의 날갯짓이 필요할까. 대답은 필요 없어. 질문의 유적지는 이미 도굴되었지. 나는 멈춘 시계들을 주워 손목을 죽일 거야. 소녀가 내게 준 꽃다발이라지. 부러진 손목들을 모아 만든 새가 내게 날아왔어.

다시 아침. 낮과 밤의 순서는 신의 계획 중에 있었을까. 낮과 밤이 너무 자주 교환되는 것 같아. 수평선이나 지평선이나 경계는 무너지지 않는데 나는 매일 무너졌어. 조금 더 누워있다고 잉여적 수면을 원하는 게 아니야. 신은 내 침대에 몰래 안전장치를 해둔 거야. 밤에서 낮으로 침몰하는 동안 나는 습관처럼 손을 넣고 은밀해지기로 했어. 가렵지 않은 부위까지 모두 한 번씩 긁어내야 하니까. 나의 어린 것들을 달래야 했어. 통속적 아침을 사랑해. 침대에서 닻을 끌어올릴 수 있을 것 같아. 아무렇지 않게 아무렇지 않도록 가장 지저분한 자세로 세면대 앞에 선다.

"얼굴이 보이지 않아."

어쩌지 오늘은 오늘이 아닌데. 나의 특별한 전개를 사랑해야 하나. 내 마음이 보이지 않는 시간을 충분히 즐겨야 해. 나는 잠시 시간을 멈추기로 했어. 우두커니라는 이름으로 서 있기로 했어.

미끄러진 손을 다시 잡는다. 이번에는 놓치지 않을 거야.

물보다 소녀의 눈빛이 더 차가웠다. 아래에서 위로 쏟아지는 무서운 것들을 보았어. 바다는 소녀의 웃음으로 전염되었고 거울은 쏟아지는 새들로 앞이 보이지 않았어. 지겹도록 내리는 손목을 손목을.

나는 잠들지 않았어. 늘 깨어 있는 시계처럼 동선을 만들고 있어. 가끔 꿈과 현실이 헷갈릴 때도 있잖아. 긴 복도에 물이 차오르면 늘 출구와 가장 가까운 곳에 있어. 그리고 소녀의 눈이 도착하는 거야. 소녀는 끝내 한 마디도 하지 않았지. 소녀의 세계에는 언어가 없다지. 몰락하는 눈인사를 잠시 고민했어.

"안녕, 소녀라는 손목으로 울면 좋을 텐데."

손을 놓았다. 아니 다시 손에 소녀의 손이 걸려 있다. 무게를 이기지 못한 것이 아니다. 소년은 무게를 느끼지 못한다. 소녀의 손은 늘 갈고리처럼 소년의 손가락 하나 하나에 걸려 있다. 소년은 소녀를 바라본다. 눈과 눈이 마주치면 소년은 소녀의 눈동자에 침몰한다. 몸 없는 심해였다. 그리고 수정체에 비친 소년의 모습이 있다. 초대하지 않은 표정. 소년은 소녀의 어린을 수집하기로 했다. 반짝이는 것들 속에 새벽이 숨어 있을지도 모른다. 수면은 불

규칙한 거울처럼 온다니까. 소년은 소년을 바라보고 있다. 소녀가 하고 싶은 말이 무엇인지 소년은 알지 못한다. 알고 싶지 않다. 그냥 소년은 소년의 얼굴을 보고 싶었다. 복도가 다시 아래에서 위로 흘렀다. 다시 바닷물이 쏟아지고 눈동자 속, 소년의 얼굴이 멀리 복도 끝으로 쓸려간다. 그래도 눈물은 위에서 아래로 흘렀다.

"신이 내게 허락한 유일한 하강이었어."

S#4 2019. 2. 12. am 10:21

바다가 숨을 고르고 있다. 가장 절실한 건 바다였지. 수평선은 더 이상 침몰하지 않았다. 나는 세면대 가까이 다가섰다. 분명 내 얼굴이 보이지 않았다. 작은 소리도 흘리지도 않았다. 조금 더 기다려 보기로 한다. 손목이 아프다. 소녀의 손가락들이 바닥에 흩어졌다.

"졸업 축하해."

처음 듣는 목소리. 하지만 아는 목소리. 소리라는 새가 둥지를 찾고 있어. 방향을 모르는 날이 많았지.

욕실에 물이 차오른다. 바닷물은 늘 차다. 다시 숨을 참는다. 잠수를 했다. 심해어처럼 숨이 차지 않았다. 침몰하는 복도를 바라본다. 수면 위 햇살이 눈부시다. 얼굴을 흘리는 사람들. 저 바다가 사람들 속으로 내려간다. 고개를 돌리고 햇살을 잡았다. 젖은 옷의 무게가 따뜻했다.

거울은 어색하게 웃는다.
다행히 바다는 울지 않았다.

S#5 2022. 4. 16. am 09:40

눈썹을 켜면 파도 소리가 들린다. 거울은 어쩌면 날지 못한 새들의 벽화일지도 몰라. 거울의 뒷모습을 탐색해 보기 위해 현관을 나서기로 했다. 온전한 길을 완성하기 위해 나는 또 얼마나 걸어야 할까. 그래도 괜찮다고 말할래. 기억을 위해 망각을 발끝으로 써 보는 거야. 안녕, 웃으며 손을 흔들어 줘. 한 모금의 해를 입안에서 돌돌 녹여먹으며.

"우리에게 안녕."

Volume

연혁

〈문학동인 Volume〉 연혁

[2016년]

겨울/ 동인 결성 협의(이령, 홍철기, 권상진, 주하).

[2017년]

7월/ 〈문학동인 Volume〉 온라인 카페 개설
       (http:// cafe.daum.net/donginvolume).
       이령, 강봉덕, 권상진, 홍철기, 전영아, 주하 가입.
12월/ 배세복, 손석호, 강시일, 최서인 가입.

[2018년]

1월/ 주하 2018년 경상일보 신춘문예 동시 부문 당선.
       박진형, 임지나 가입.
2월/ 〈문학동인 Volume〉 창립총회.
       -일시: 2018.02.24. 17:00
       -장소: 경주 드롭탑분황사점 세미나실/ 일성콘도
       보문
       -초대 회장단 선출(회장: 이령, 부회장: 권상진,
       사무국장: 홍철기, 감사: 최서인)
5월/ 이령 첫 시집 『시인하다』(시산맥사) 출간.

7월/ 권상진 첫 시집 『눈물 이후』(시산맥사) 출간.

9월/ 동인지 『문학동인 Volume 창간호』

　　　(볼륨커뮤니케이션) 출간.

　　　강봉덕 첫 시집 『화분 사이의 식사』(실천문학사)

　　　출간.

10월/ 손석호 제6회 등대문학상 최우수상 수상

　　　(시 「장생포」).

　　　주하 탈퇴. 서동명, 조율, 송용탁 가입.

　　　배세복 카페지기 승계.

11월/ 〈문학동인 Volume〉 제2차 정기총회.

　　　-일시: 2018.11.03 14:00

　　　-장소: 경주 드롭탑분황사점 세미나실

　　　캔싱턴리조트

12월/ 권상진 제7회 경주문학상 시 부문 수상.

[2019년]

1월/ 박진형 2019 국제신문 신춘문예 시조 부문 당선.

2월/ 이령 시집 『시인하다』(시산맥사) 한국문화예술위

　　　원회 문학나눔도서 선정.

강봉덕 시집 『화분 사이의 식사』(실천문학사) 한
국문화예술위원회 문학나눔도서 선정.

권상진 시집 『눈물 이후』(시산맥사) 한국문화예술
위원회 문학나눔도서 선정.

3월/ 〈문학동인 Volume〉 제3차 정기총회.

　　-일시: 2019.03.23. 15:00

　　-장소: 경주 드롭탑분황사점 세미나실

　　일성콘도보문

　　조율 탈퇴. 이명윤, 장은희 가입.

7월/ 동인지 『문학동인 Volume 2집』(시산맥사) 출간.

9월/ 임지나 제22회 『시와경계』 신인상 수상.

　　강시일 제49회 『문장』 수필 부문 신인상 수상.

10월/ 배세복 첫 시집 『몬드리안의 담요』(시산맥사)
　　출간.

11월/ 〈문학동인 Volume〉 제4차 정기총회.

　　-일시: 2019.11.09 15:00

　　-장소: 경주 월암재

　　-2대 회장단 선출(회장: 박진형, 부회장: 손석호,
　　사무국장: 배세복, 카페지기: 강봉덕, 감사: 강시일)

최재훈 가입. 서동명, 이명윤 탈퇴. 이령 고문 추대.

[2020년]

1월/ 이령 제2시집『삼국유사 대서사시-사랑편』
    (한국문화관광콘텐츠협의회) 출간.

2월/ 강시일, 권상진, 임지나, 장은희, 전영아, 홍철기
    탈퇴.

3월/ 김성백, 최규리 가입.

4월/ 배세복 전자시집『당신의 중력 안에』(디지북스)
    발간.

7월/ 동인지『문학동인 Volume 3집』(북인) 출간.

10월/ 〈문학동인 Volume〉 전자시집『편지, 시를 향한
    연서』(디지북스) 발간.

11월/ 송용탁 〈제3회 남구만 신인문학상〉 당선.

12월/ 손석호 첫 시집『나는 불타고 있다』(파란) 출간.
    강봉덕 〈제1회 울산하나문학상〉 수상.
    문현숙, 전하라 가입.

[2021년]

3월/ 손석호 전자시집『밥이 나를 먹는다』(디지북스)
　　발간.

4월/ 배세복 제2시집『목화밭 목화밭』(달아실) 출간.

5월/ 송용탁〈2021년 5·18 문학상 신인상〉수상.
　　손석호 시집『나는 불타고 있다』(파란) 한국문화
　　예술위원회 문학나눔도서 선정.

7월/ 최규리『시와세계』평론부문 신인상 수상.

8월/ 동인지『문학동인 Volume 4집』(달아실) 출간.

11월/〈문학동인 Volume〉'코로나-예술로 기록' 지원
　　금 수혜.

12월/〈문학동인 Volume〉제5차 정기총회
　　-일시: 2021.12.5. 14:00
　　-장소: 안성칠현산방
　　-3대 회장단 선출(회장: 손석호, 부회장: 배세복,
　　사무국장: 최재훈, 편집장: 송용탁, 감사 박진형)
　　이혜수, 한길수 가입. 최서인, 전하라 탈퇴. 박진
　　형 고문 추대.
　　송용탁〈제13회 포항소재문학상〉수상.

이령 〈제10회 경주문학상〉 수상.

[2022년]

1월/ 송용탁 강원일보 신춘문예 당선.

2월/ 『문학동인 Volume-코로나 블루』(시산맥) 문집
출간.

5월/ 이령 〈제2회 시산맥 시문학상〉 수상.

7월/ 김성백 〈제3회 이형기 디카시문학상〉 수상. 아르
코 하반기 발표지원.

이령 〈이령의 魂 글・그림〉 전시회.

10월/ 박진형 〈2022 아르코 창작기금 발간지원-시조〉
선정.

이령 그림 개인 전시회.

11월/ 〈문학동인 Volume〉 제6차 정기총회
-일시: 2022.11.5. 14:00
-장소: 서울 프레이저 플레이스센트럴 호텔
채종국 가입.

최규리 제2시집 『인간 사슬』(천년의시작) 출간.

이령 전자시집 『못 갖춘 이야기들』(디지북스) 발간.

송용탁 전자시집 『섹스를 하다 딴 생각을 했어』 (디지북스) 발간.

12월/ 박진형 제1시조집 『어디까지 희망입니까』(책만 드는집) 출간.

송용탁 제10회 등대문학상 우수상, 제21회 김포 문학상 우수상, 제6회 서귀포문학작품공모, 제16 회 해양문학상 동상, 아르코 하반기 발표지원.

[2023년]

4월/ 〈문학동인 Volume〉 제7차 정기총회.

　-일시: 2023.4.29. 14:00

　-장소: 서울 프레이저 플레이스센트럴 호텔(초대 시인: 정숙자 시인)

　정윤서 가입. 이혜수, 한길수 탈퇴.

6월/ 최규리 〈시와세계〉 작품상 수상.

　송용탁 아르코 창작지원금 발표지원.

　손석호 아르코 창작지원금 발표지원.

9월/ 송용탁 〈2023 심훈문학상〉 수상.

■ 현재 "강봉덕, 김성백, 문현숙, 박진형, 배세복, 손석호, 송용탁, 이령, 정윤서, 채종국, 최규리, 최재훈" 이상 12명의 회원이 활동 중.

문학동인 Volume 제6집(2023)

The literary coterie Volume 006

대답이 먼저 나오는 대화도 있다

1판 1쇄 발행	2023년 9월 30일
지은이	문학동인 Volume
발행인	윤미소
발행처	(주)달아실출판사
책임편집	박제영
디자인	전형근
마케팅	배상휘
법률자문	김용진
주소	강원도 춘천시 춘천로 257, 2층
전화	033-241-7661
팩스	033-241-7662
이메일	dalasilmoongo@naver.com
출판등록	2016년 12월 30일 제494호

ⓒ 문학동인 Volume, 2023

ISBN 979-11-91668-88-9 03810